坂口安吾論

Karatani, Kojin

柄谷行人

インスクリプト

INSCRIPT Inc.

目次

第一部

第二部

第三部

坂口安吾論

第一部

坂口安吾について

1 或る時代錯誤

戦後「無頼派」と呼ばれた作家たちがいる。坂口安吾、太宰治、織田作之助らである。もとより彼らがそう名乗ったのではない。しかし、少なくとも安吾に関して、この命名は的を射ている。『広辞苑』によれば、無頼には二つの意味がある。正業につかず無法な行いをすることと、頼るべきところのないこと。戦後日本の都市に生きた多くの人々は、明らかにそのような状態にあった。そして、いわゆる無頼派の作家はそのような世相に合致していた。しかし、安吾の「無頼」性は戦後にあったのではなく、むしろ、戦前・戦中期にあったといわねばならない。戦後に多くの人が無頼になったとすれば、彼はもともと無頼だったのである。戦後の数年後に社会的な秩序が出来上がってくれれば、無頼は次第に消滅する。それとともに、このような無頼派は、過ぎ去った敗戦直後の風潮と結びつけられて記憶される。

私もまたかつてそのような通念をいだいていた。私が坂口安吾を読んだ時期には、戦後派でもなく、戦中派でもない、いわば、戦後の焼け跡派というべき人たちが、安吾をかついでいたのである。私は安吾を読むにつれて、それは錯覚ではないかと思った。文学者に、あるいは思想家におこる出来事は、そんなものではない、世相の変化などが、文学者の「事件」になるはずがない、と私は考えた。実際、安吾を読むと、戦後はおろか、本当は戦争さえ影響を与えていないのではないかと思われた。

私は一九七五年頃、坂口安吾についてかなり長いエッセイを書いた。そのとき、「日本文化私観」が戦後に書かれたと錯覚していたことから書き始めている（「『日本文化私観』論」）。私はこのようなものが戦争中に発表されるはずがないと思いこんでいたのである。たぶん、私の錯覚は、何度もくりかえされる次のような言葉から来ている。《京都や奈良の古い寺がみんな焼けても、日本の伝統は微動もしない。日本の建築すら、微動もしない。必要ならば、新らたに造ればいいのである。バラックで、結構だ》（『坂口安吾全集』03巻、三七二頁。以下安吾の引用は本全集による。旧仮名遣いは現代仮名遣いに改めた)。ここから、私は、戦後の焼け跡に建てられた「累々たるバラック」を思い浮かべてしまう。

法隆寺も平等院も焼けてしまって一向に困らぬ。必要ならば、法隆寺をとりこわして停車場をつくるがいい。我が民族の光輝ある文化や伝統は、そのことによって決して亡びはしないのである。武蔵野の静かな落日はなくなったが累々たるバラックの屋根に夕陽が落ち、埃のために晴れた日も曇り、月夜の景観に代ってネオン・サインが光っている。ここに我々の実際の生活が魂を下している限り、これが美しくなくて、何であろうか。

(同右、三七八−三七九頁)

これはまったく戦後の光景だといってもいいではないか。今読み直してみても、これは、アメリカの空襲があったか、少なくともその可能性が出てきた段階で書かれたようにしか見えない。法隆寺や平等院が焼かれるというような事態は、それ以外に考えられないからである。だが、これが書かれたのは一九四二年はじめで、まだ日本人が真珠湾以来の勝利に酔っていた時期である。その時期に、安吾は焦土と化した日本を想像していた。むろん、奈良や京都は破壊されなかった。それは、皮肉なことに、ブルーノ・タウトではないにせよ、同じような観点から「日本文化」を発見したアメリカ人によって守られたのである。アメリカが中小都市の予告爆撃をやりだしたとき、安吾はそれを「予告殺人事件と同じ性質のもの」だといい、アメリカの探偵小説について考察したあと次のようにいっている。

ところが、日本人は探偵小説に於けるアメリカの被害者達とは全く類を異にしている。日本人は概してユーモアに乏しく、又之を好まぬ傾向があるが、実は根柢的に楽天的な国民で、日本人がシンから悲観し打ちのめされるなどということは殆ど有り得ぬ。私の隣組は爆弾焼夷弾雨霰とも称すべき数回の洗礼を受けたのであるが、幼児をかかえた一人の若い奥さんが口をすべらして、敵機の来ない日は淋しいわ、と言ったという。私は之をきいて腹をかかえて笑ってしまったが、全く日本人は外面大いにつらそうな顔をして毎日敵機が来て困りますなどと言っているが、案外内心は各々この程度の弥次馬根性を持っているのではないかと思った。

焼けだされた当座はとにかくやがて壕生活も板につけば忽ち悠々たる日常性をとりもどしてしまう。爆撃中は縮みあがるが、喉元すぎれば忽ち忘れる。私の隣組には幼児や老人達がたくさんいるが、物資の不足という一点をのぞけば爆撃に対しては不感症の如く洒々《しやあしやあ》としている。(中略)

日本の都市は建築物に関する限り欧州と比較にならぬ爆撃被害を蒙るけれども、国民の楽天性はとてもアメリカの爆弾だけでは手に負えまい。私は焼跡の中からそれを痛感し、アメリカの探偵小説の要領ではこの楽天性を刺殺できまいということを微笑と共に痛感しているのである。

（「予告殺人事件」03巻、五〇六頁）

読みようによっては、日本人は爆撃を受けているけれどもアメリカには負けないといっているように見える。だからまた、このような文章が検閲を通過したのである。しかし、予備知識なしに読めば、これは戦後、占領下の焼け跡の中で書かれた文章のようにしか見えない。つまり、安吾が戦後に戦争中をふりかえって書いた文章とほとんど違わないのである。逆にいえば、これは、敗戦後一夜にして、それまで「鬼畜」だったはずのアメリカの占領軍を歓迎した日本人の「楽天性」を言い当てている。戦争中にも、戦後にも、右のように書いた人はいないだろう。

戦後に書かれた「堕落論」の冒頭の一節は衝撃的であったといわれている。

半年のうちに世相は変った。醜《しこ》の御楯《みたて》といでたつ我は。大君のへにこそ死なめかへりみはせじ。若者達は花と散ったが、同じ彼等が生き残って闇屋となる。ももとせの命ねがはじいつの日か御楯とゆかん君とちぎりて。けなげな心情で男を送った女達も半年の月日のうちに夫君の位牌にぬかずくことも事務的になるばかりであろうし、やがて新たな面影を胸に宿すのも遠い日のことではない。人間が変ったのではない。人間は元来そういうものであり、変ったのは世相の上皮だけのことだ。

（「堕落論」04巻、五二頁）

しかし、これも戦争中に安吾が書いていたことと違いがない。のみならず、戦中に書かれた「青春論」はすでに「堕落論」（倫落という言葉が使われている）なのである。戦争から戦後にかけて安吾は少しも変わっていない。それは、逆にいうと、戦中に書かれた彼の文章が、どんなに反時代的に見えようと、その時代にそれなりにそぐうものであったということを意味する。たとえば、彼は、真珠湾の勇士たちについてこう書いた。

真珠湾内にひそんでいた長い一日。遠足がどうやら終った。愈々あなた方は遠足から帰るのである。死へ向って帰るのだ。思い残すことはない。あなた方にとっては、本当に、ただ遠足の帰りであった。

（「真珠」03巻、四〇〇頁）

この作品は発禁処分を受けたが、別に反戦的ではない。「死へ向って帰る」と言うのは、死を視ること、帰するが如しという、勇者の態度を称える紋切り言葉と背馳しない。ただ、戦争を「遠足」として見る視点が当局を苛立たせたのだろう。しかし、戦後に同じ視点をとったなら、やはり非難を蒙ることになるだろう。「敵機の来ない日は淋しいわ」というような主婦の体験は、戦後、現在に至るまで伝えられることはない。安吾は「戦争と女」という小説で、女の視点から戦争について書いているが、それは必ずしも安吾自身ではなく、実際にそういう女たちがいたのである。

安吾は「青春論」で宮本武蔵の剣法にふれて次のように言う。《之が本当の剣術だと僕は思う。なぜなら、負ければ自分が死ぬからだ。どうしても勝たねばならぬ。妥協の余地がないのである。こういう最後の場では、勝って生きる者に全部のものがあり、正義も自ら勝った方にあるのだから、是が非でも勝つことだ。我々の現下の戦争も亦然り。どうしても勝たねばならぬ》(03巻、四四六頁)。また、彼は「戦時体制の文学」を批判して次のように述べている。

実際の戦果ほど偉大なる宣伝力はなく、又、これのみが決戦の鍵だ。飛行機があれば戦争に勝つ。それならば、ただガムシャラに飛行機をつくれ。全てを犠牲に飛行機をつくれ。そうして実際の戦果をあげる。万億の文章も何の力あらんや。ただ、戦果、それのみが勝つ道、全部である。

飛行機があれば勝つ、そうきまったら、盲滅法、みんなで飛行機をつくろうじゃないか。そんなとき、僕は筆を執るよりもハンマーをふる方がいいと思う。その代り、僕が筆を握っている限り、僕は悠々閑々たる余裕の文学を書いていたい。文学の戦時体制は無力、矛盾しやしないか。

（「巻頭随筆」03巻、四六五－四六六頁）

これも「文学の戦時体制」を批判するためのレトリックだけではない。「飛行機をつくれ」というのは、陸軍や海軍の時代遅れの戦術（戦艦に固執する）に対する合理的な批判でもある。小説「鉄砲」の末尾にもこう書かれている。《今我々に必要なのは信長の精神である。飛行機をつくれ。それのみが勝つ道だ》。（03巻、五〇二頁）
安吾は戦争中に「抵抗」していたのか。もしそうなら、彼は戦後も「抵抗」していたといわねばならない。彼がもし戦後において水を得た魚のように泳いでいたのだとすれば、戦中においてもそうだったといわねばならない。戦前に彼が書かなかった一時期があったが、それは時代状況のせいではない。たんに彼固有の理由で書けなかっただけである。
安吾は誰よりも戦中・戦後を生きている。しかし、それはむしろ、彼にとって「戦争」

が存在していなかったからである。戦争中に、彼は書いていた。《戦争という現実が如何程強烈であっても、それを知ることが文学ではなく、文学は個性的なものであり、常に現実の創造であることに変りはないと思われる》（「歴史と現実」03巻、五〇四頁）。私が不思議に思うのは、安吾が歴史的な生のただ中に生きているように見えながら、いつもそこにいないということ、逆に、そこにいないことが、彼を誰よりも現場にいるかのように見せているということである。

2　二つの青春

坂口安吾が他の無頼派、あるいは戦後派と違っているのは、後者が共有する体験を欠いていることである。たとえば、太宰治も武田泰淳もコミュニズムの運動に参加し、そこからの脱落・転向に深い罪悪感を抱いていた。安吾はそれと縁がなかった。このことが、安吾を、「近代文学派」や「第一次戦後派」のみならず「無頼派」とも区別する。しかし、彼は戦前においてけっして孤高を保っていたのではなく、多くの人たちと交流していたのである。というよりも、戦時中彼が交友していたのは、主に大井広介、平野謙、荒正人、埴谷雄高といった元マルクス主義者たちであった。

戦後の小説――といってもエッセイとほとんど区別できないが――「魔の退屈」の中で、安吾は、戦争中、爆撃に備えて「健脚を衰えさせぬ訓練までつんで」いたことを述べたあと、つぎのように書いている。

それほど死ぬことを怖れながら、私は人の親切にすすめてくれる疎開をすげなく却けて東京にとどまっていたが、こういう矛盾は私の一生の矛盾であり、その運命を私は常に甘受してきたのである。一言にして云えば、私の好奇心というものは、馬鹿げたものなのだ。私は最も死を怖れる小心者でありながら、好奇心と共に遊ぶという大いなる誘惑を却けることができなかった。凡そ私は戦争を咒《のろ》っていなかった。恐らく日本中で最も戦争と無邪気に遊んでいた馬鹿者であったろうと考える。

私は然し前途の希望というものを持っていなかった。私の友人の数名が麻生鉱業という所に働いており（これは例の徴用逃れだ）私は時々そこを訪ねて荒正人と挨拶することがあったが、この男は「必ず生き残る」と確信し、その時期が来たら、生き残るためのあらゆる努力を試みるのだと力み返っている。これほど力みはしなかったが平野謙もその考えであり、佐々木基一もそうで、彼はいち早く女と山奥の温泉へ逃げた。つまり「近代文学」の連中はあの頃から生き残る計画をたて今日を考えておったので、手廻しだけは相当なものであるが、現実の生活力が不足で、却々《なかなか》予定通りに行かない。

（「魔の退屈」一九四六年一〇月。04巻、一八三－一八四頁）

興味深いのは、安吾がのちに「近代文学」派と呼ばれる人たちと、このように親しく交流していたことである。むろん、彼らの違いは、戦後、「第二の青春」（荒正人）と「堕落論」の差異としてあらわれる。しかし、ある点で、彼らはよく似ているのである。荒正人は、解体と転向に終わった戦前の左翼の文学と政治が戦後にそのまま再現されることを痛烈に批判した。彼は、ニヒリズム・エゴイズムを徹底的に認めるところから始めるべきであると主張する。

人間はエゴイスティックだ、人間は醜く、軽蔑すべきものだ、そして人間のいとなみの一切は虚無に収斂するものだ——このことを痛切にかんじようではないか。一切はそのうえでだ。

もし、しんの希望が、敗戦日本という沙漠のなかから、不死鳥のごとく羽搏き生れるとするならば、その死灰となるものは、第一の青春に夢みたヒューマニズムを悉皆否定し、焼き尽したものにほかならない。（中略）弁証法などというごまかしの形式を通らず、もっと直線的に電気のように伝わってくるものとしての、否定を通じての肯定、虚無の極北に立つ万有、エゴイズムを拡充した高次のヒューマニズム——これこそわたくしたちが、第一の青春という浪費のなかから購うことのできた唯一の財貨ではないのか。（「第二の青春」『近代文学』一九四六年一月。『荒正人著作集』第一巻、三〇頁）

これは「主体性論争」あるいは「政治と文学論争」のきっかけとなったエッセイであるが、荒正人もある意味で「堕落」の徹底とそこからのモラルの確立を説いているのである。安吾と違っているのは、荒が「力み返っていること」である。つまり、「第一の青春に夢見たヒューマニズム」(マルクス主義)というのも、それ以後の「虚無の極北」というのも、あまりに大げさなのだ。安吾は荒がいう「第一の青春」をもたなかった。「暗い青春」という小説——この題はたぶん荒のいう「第一の青春」から来ている——の中で、彼は次のように書いている。

戦争中のことであったが、私は平野謙にこう訊かれたことがあった。私の青年期に左翼運動から思想の動揺を受けなかったか、というのだ。私はこのとき、いともアッサリと、受けませんでした、と答えたものだ。

受けなかったと言い切れば、たしかにそんなものでもある。もとより青年たる者が時代の流行に無関心でいられる筈のものではない。その関心はすべてこれ動揺の種類であるが、この動揺の一つに就て語るには時代のすべての関心に関聯して語らなければならない性質のもので、一つだけ切り離すと、いびつなものになり易い。

私があまりアッサリと動揺は受けませんでした、と言い切ったものだから、平野謙は苦笑のていであったが、これは彼の質問が無理だ。した、しなかった、私はどちらを言うこともでき、そのどちらも、そう言いきれば、そういうようなものだった。

（「暗い青春」05巻、二一二頁）

平野がそんな質問をしたのは、たぶん、安吾とつきあっているうちに自分らと同類であろうと思いこんだからだろう。それは誤解であったが、まったくの誤解でもない。安吾は戦争中に左翼とつきあい始めたのではなく、「処女作前後」からつねに左翼とつきあっていたのである。彼は若い頃、アテネ・フランセで知り合った、芥川龍之介の甥、葛巻義敏と一緒に同人誌をやっており、自殺した芥川の書斎を編集室に使っていた。そこには中野重治などが来たりしていたし、葛巻自身が左傾化し留置されたりしていた。したがって、安吾は昭和初期から左翼文学運動の中心に近いところにいたのである。昭和初期の葛巻らとの関係は、戦争期の平野謙らとの関係に等しい。安吾は歴史的な状況のさなかにいながら、そこにいなかったのである。安吾がいう或る「虚無」が彼をそこから遠ざけていた。私の考えでは、それは荒正人がいうような「虚無の極北」とは違っている。荒が「第一の青春」にいたとき、彼はいわば「暗い青春」にいた。しかし、私がここであえて強調しておきたいのは、戦後あるいは今日そう考えられているのと違って、むしろ彼がつねに左翼運動と接する地点にいたことであり、にもかかわらずその隔たりもまた大きかったということである。

サーカスの一座に加入をたのむ私であったが、私のやぶれかぶれも、共産主義に身を投じることで騒ぎ立つことはなくなっていた。私は私の慾情に就て知っていた。自分を偽ることなしに共産主義者ではあり得ない私の利己心を知っていたから。

私の青春は暗かった。身を捧ぐべきよりどころのない暗さであった。私は然し身を捧ぐべきよりどころを、サーカスの一座に空想しても、共産主義に空想することは、もはや全くなくなっていたのだ。

私はともかくハッキリ人間に賭けていた。

私は共産主義は嫌いであった。彼らは自らの絶対、自らの永遠、自らの真理を信じているからであった。

（中略）

政治とか社会制度は常に一時的なもの、他より良きものに置き換えらるべき進化の一段階であることを自覚さるべき性質のもので、政治はただ現実の欠陥を修繕訂正する実際の施策で足りる。政治は無限の訂正だ。

その各々の訂正が常に時代の正義であればよろしいので、政治が正義であるために必要欠くべからざる根柢の一事は、ただ、各人の自由の確立ということだけだ。

自らのみの絶対を信じ不変永遠を信じる政治は自由を裏切るものであり、進化に反逆するものだ。

私は、革命、武力の手段を嫌う。革命に訴えても実現されねばならぬことは、ただ一つ、自由の確立ということだけ。

私にとって必要なのは、政治ではなく、先ず自ら自由人たれということであった。然し、私が政治に就てこう考えたのは、このときが始めてではなく、私にとって政治が問題になったとき、かなり久しい以前から、こう考えていた筈であった。だが、人の心は理論によってのみ動くものではなかった。矛盾撞着。私の共産主義への動揺は、あるいは最も多く主義者の「勇気」ある踏み切りに就てではなかったかと思う。ヒロイズムは青年にとって理智的にも盲目的にも蔑まれつつ、あこがれられるものであった。

(同右、二一三–二一四頁)

安吾は平野謙や荒正人が弾圧による転向を通してもった「絶望」を最初からもっていた

のである。彼は「自らの絶対、自らの永遠、自らの真理」を信じる共産主義者になりえなかった。にもかかわらず、当時の共産主義運動に、彼が或る「動揺」を感じていたことは事実である。それは政治的理論の問題ではなかった。それは、いうならば、その運動がもつ「実践」の力だった。

安吾は一九三〇年代後半にキリシタンに関心をもち、史料を読み漁った。「イノチガケ」という作品は、まったく現実的展望がなく死が予定されているにもかかわらず、つぎつぎと日本に上陸してくるイエズス会宣教師——シドッチに至るまで——の歴史を書いたものだ。安吾はキリスト教そのものに関心をもっていなかった。ただ、そのような行動を可能にしたのがキリスト教であることは確かなのだ。マルクス主義にかんしても同様であったといってよい。近代日本においては、マルクス主義以外にキリシタンと同じようなインパクトを与えた運動はなかったからである。それは政治的な実効性の問題ではなかった。その意味で、安吾は一方で「堕落」を説きながら、他方で、あらゆる感性的なものを斥ける精神的な自律性に憧れつづけたのである。

3　僧侶と堕落

平野謙は、昭和初期の文学状況を、マルクス主義、モダニズム、私小説の「三派鼎立」としてみている。実際、小林秀雄の処女作「様々なる意匠」はこの三つを標的としていたのである。ところで、この三派の源泉には、晩年の芥川龍之介がいる。私小説はいうまでもなく、中野重治、堀辰雄、横光利一といった「様々なる」人たちが芥川とそれぞれにつながっていたのである。芥川はプロレタリア文学に強い関心を持っていたが、その芸術性には否定的であった。安吾はのちにこう書いている。《当時隆盛な左翼文学に就ては、芸術的に極めて低俗なものであったから全く魅力を覚えなかった。もしあの当時左翼芸術に高度の芸術性があったら、私の今日もよほど違ったものになっていたと思う。志賀直哉、それから自然派の文学を私は当時から嫌っていた。》(「処女作前後の思い出」04巻、四五－四六頁)。

それなら、安吾の文学はモダニズムであったか。フランス文学をやっていたために一見するとそう見えるが、彼はその当時の新しい文学の動向に関心を持っていなかった。彼が関心を持ったポーやセルバンテス、ヴォルテールなどは、到底新しいとはいえない。日本の作家では、安吾は新感覚派の横光利一を嫌っていたし、安吾を評価した牧野信一の作品さえ読んでいなかった。安吾は左翼に入らないが、モダニストの中にも入らないのである。彼はこの「三派」に近いところにいたにもかかわらず、そのどこにも属していなかった。

彼の「ファルス論」に関しては後に論じるが、安吾の文学は、それまでの文学的系譜とは全然別の所から来ているように見える。安吾が考えていたのはいわば「霊肉の葛藤」であるが、これは昭和期の作家が共有した問題ではない。むしろ、それは北村透谷から有島武郎に至る明治の作家たちがもった問題である。私は「日本文化私観」を戦後に書かれた作品だと錯覚したといったが、もし何も知らないで読めば、安吾の戦前の作品（戦後のものでさえ）の多くを明治時代に書かれたと錯覚したかも知れないのだ。安吾を特徴づけるのは、この意味での「時代錯誤性」（アナクロニズム）である。

その端的な例は、彼が一九二六年（二十歳）に僧侶を目指して、東洋大学印度哲学科に入学したことである。安吾は後年に書いている。《坊主の勉強も一年半ぐらいしか続かなかった。悟りの実体に就て幻滅したのである。結局少年の夢心で仏教の門をたたき幻滅した私は、仏教の真実の深さには全くふれるところがなかったのではないかと思う。つまり仏教と人間との結び目、高僧達の人間的な苦悩などに就ては殆どふれるところがなかったもので、倶舎《くしゃ》だの唯識だの三論などという仏教哲学を一応知ったというだけ、悟りなどという特別深遠なものはないという幻滅に達して、少年時代の夢を追い再び文学に逆戻りをした》(04巻、四六頁)。

彼の仏教とのこのような関係は、重要である。それは安吾が自ら語るほどトリヴィアルな事件ではない。一連のファルスのみならず、「枯淡の風格を排す」から「イノチガケ」、「日本文化私観」にいたるまで、安吾の発想の根底に、一度本気で坊主になろうとしたこの体験がある。だが、この時代に仏教の僧侶になろうとするのは、極めて風変わりである。安吾が入学した時点で、彼を除く同級生十五名のすべてが寺の息子たちであったという事実が語るように、本気で僧侶になろうとする者などいなかった。実際、彼らは世襲でやっているのだから、最初から僧侶で「ある」。僧侶に「なる」のは安吾だけだった。安吾はそこにいた風変わりな教授らを面白おかしく書いている。しかし、最も風変わりなのは、真面目に授業に出席して勉強しようとする学生、坂口安吾自身なのである。興味深いのは、安吾が東洋大学が大学に昇格する際に反対した学生運動の先頭に立って政治的に活動したことだ。彼が反対したのは、そのことで大学が仏教専攻の特色を失うという理由によってである。それは彼が仏教に関していかに真剣であったかを示している。

彼は学生時代に、同人誌につぎのように書いている。他の学生が「腐敗しきった佛教僧侶に対しては評するの価値を見出さず」とか「寺院生活のモットーは『信仰第一』である」というようなことを書いている中で、安吾はつぎのように言う。

今後の寺院生活に対する私考

寺院に特殊な生活があるとすれば禁欲生活より外にはないと思われます。しかし一般人間に即した生活即ち情欲や物欲に即した生活のあることを忘れる訳には行きません。寺院の人々は禁欲生活を過重し勝ちでとかく所謂煩悩に即した生活の中にも道徳律や悟脱の力のあることを忘れている様です。禁欲生活が道徳的に勝れている理由もなく、又特に早く悟れる理由もありません。生活はその人の信条で生きるもので要するに何でもかまいませんが、愛欲の絆もあきらめられない。禁欲生活の外分も保ちたいなんてのは、随分あさまし過ぎると思われます。むしろ一般の欲に即した生活を土台にして出直すのが本統ではありますまいか。

（「今後の寺院生活に対する私考」01巻、一〇頁。傍点原文）

もちろんのちの安吾を考慮に入れなければ、こういう認識はべつに注目に値しないだろう。しかし、ふりかえって見ると、これは幾つかの点で大変興味深い。一つは、安吾がすでに「堕落」を説いていることである。ある意味で、これは僧侶の否定である。それは安吾がまもなく僧侶を放棄するだろうことを暗示している。しかし、逆のことも言えるのだ。もし彼のいう通りなら、僧侶をやめたとしても、彼は僧侶でありつづけるほかない、と。なぜなら、僧侶的存在にとってのみ「堕落」があるとしたら、「堕落」を説きつづけるかぎり彼は僧侶的だからである。実際、彼は小説において、このような「霊肉の葛藤」を反復する。批評においても同じである。

架空な、そうして我々が決して避くべきでない肉体の真実の懊悩には何の拘わるところもない、ゆがめられた想像によって悟りすましでっちあげられた愚かしい美意識に、過去の文学がどれほど過まられ毒せられたか知れなかった。肉体をもたない悩みはまことの悩みではない。況んや肉体を始めから醜なりと断定し、その過った断定にとらわれて、そこから逃げ出し目を掩うべく悩みつづける、そういう空虚な悩み方は宗教家でさえ心ある人々は不当とする。正宗氏の人生は成程悩みつづけた人生であるかも知れぬが、まことは悩むべきことに悩まなかった、「童貞主義者」流の悩みにすぎない。

（「枯淡の風格を排す」一九三五年初出。01巻、五〇六頁）

私はデカダンス自体を文学の目的とするものではない。私はただ人間、そして人間性というものの必然の生き方をもとめ、自我自らを欺くことなく生きたい、というだけである。私が憎むのは「健全なる」現実の贋道徳で、そこから誠実なる堕落を怖れないことが必要であり、人間自体の偽らざる欲求に復帰することが必要だというだけである。

（中略）一般的な生活はあり得ない。めいめいが各自の独自なそして誠実な生活をもとめることが人生の目的でなくて、他の何物が人生の目的だろうか。

（「デカダン文学論」一九四六年。04巻、二一六頁）

安吾はこの意味での「仏教批判」をくりかえした。しかし、安吾の方がはるかに宗教的に見えるのである。たとえば、「イノチガケ」の中で、安吾は、禅問答に訴える禅僧がフランシスコ・ザビエルの「当たり前の屁理屈」に窮してしまったことを書いている。たとえば、禅の公案では、仏とは何かと問われると、「仏とは糞掻き棒である」と答える。しかし、それを聞いたザビエルら宣教師は、なぜ仏が糞掻き棒なのか反論してやまない。

禅問答には禅問答の約束があって、両者互に約束を承知の上でなければ、飛躍した論理も悟りも意味をなさない。そこでこういう問答の結果がどうかと言えば、仲間同志の禅坊主だけ寄り集って、彼奴は悟りの分らない担板漢《でくのぼう》だなどと言って般若湯《はんにゃとう》で気焔をあげてもいられるけれども、然し、こういう約束の足場は確固不動のものではないから、内省の魔が忍びこんでくる時には晏如《あんじょ》としてはいられない。辛酸万苦して飛躍を重ねた論理も、誠実無類な生き方を伴わなければ忽ち本拠を失って、傲然自恃の怪力も微塵に砕け散る惨状を呈してしまう。サビエルはじめ伴天連入満《バテレンイルマン》の誠実謙遜な生き方に圧倒されて、敬服せざるを得なくなるのである。

仏僧の切支丹転宗は相継いでかなりあったが、その多くの者は禅僧であったという。

（「イノチガケ」03巻、一六五－一六六頁）

禅僧が転宗したのは宣教師の合理性に負けたからでも、キリスト教の教義が優越していたからでもない。「仏とは糞掻き棒である」という禅僧に対して、宣教師が「仏は仏である、糞掻き棒は糞掻き棒である」と言いかえすならば、同じことをキリスト教の「三位一体」の教義に対しても言えるはずである。すなわち、神は神である、人間は人間である、どうして人間イエスが神なのか、と。だが、このときキリスト教の宣教師が禅宗を圧倒したのは、教義の理論的合理性によってではなく、何千キロも離れた極東まで布教にやってくる彼らの実践の非合理的な力によってである。だが、合理的であることは、それ自体非合理的な意志と情熱を必要とするのではないのか。反近代の「非合理主義」が跳梁した一九三〇年代に、安吾は徹底的に合理的であろうとした。それは「合理主義」とは別のものである。たとえば、同じ時期に、『ヨーロッパ諸学の危機と超越論的現象学』を書いたフッサールは、それを次の言葉で締めくくっている。《人類は理性的であろうと意志することによってのみ理性的たりうる》。いうまでもなく、この「意志」そのものは合理的ではない。

要するに、キリスト教か仏教かは問題ではない。安吾にとって、現実に他者に関与しない思想などは、何であれ意味がなかった。安吾は、公開論争に破れてカソリックに転向した禅宗の僧侶たちを嘲笑しているのではない、その逆である。そのようなことがありえたのはこの時期だけだからだ。また、カソリック側における対抗《カウンター》宗教革命であったイエズス会がそのような力をもちえたのも、創設者の一人、ザビエル自身が日本にやってくるようなこの時期だけである。それ以後のイエズス会に、このような力はない。それは国家の植民地主義と結託する既成教団となってしまった。しかし、逆にいえば、仏教も、或る一定の歴史的時期には、そのような「思想－実践」の力をもっていたというべきなのである。

安吾の「日本文化私観」は、約束事で成り立つ「日本美」を粉砕するものだ。昭和初期に仏門を叩いた安吾の「時代錯誤」は、十数年後、まさにタイムリーとなった。なぜなら、「近代の超克」と呼ばれるその時代の支配的思潮は、いわば仏教にもとづいていたからである。しかし、いうまでもなく、安吾はそのような仏教に異議を唱えた。この時期、安吾の批評が最も核心をついているのは、彼が仏教的な論理の外にいたからではなく、かつて僧侶たらんとしてその内部にいたからだ。

4　美学の批判

坂口安吾が仏教の僧侶になろうとしたことに、時代的な意味があったとは思えない。彼が初期に、マルクス主義やモダニズム、あるいは当時隆盛した大衆文化状況ではなく仏教に向かったことは、やはりエクセントリックなのである。とはいえ、この時期に知識人の間に広範囲に仏教への関心があったことは確かである。それは明治期に夏目漱石や西田幾多郎が禅に向かったというのとは違っている。この時期に支配的だったのは、和辻哲郎の『古寺巡礼』に代表されるような美学的なものとしての仏教である。それは近代批判と同時に日本回帰を意味している。しかし、安吾はたんにモダニズムの傾向からずれていただけでなく、このような「近代の超克」からもずれていたのである。興味深いのは、モダニズムやマルクス主義が風靡した頃に仏教の僧侶になろうとした安吾が、そのような人々が一斉に「近代の超克」に向かった頃に、それと最も敵対する人間としてあらわれたことである。

仏教を美学的なものとして見出したのは岡倉天心が最初である。彼にとって、仏教とは仏像や寺院建築といった芸術である。いうまでもないが、それまで寺や仏像は信仰の対象であって、「芸術」と見なされていなかった。岡倉は東洋の美術を統合するものとして仏教的原理を見出したが、それは事実上宗教とは無縁であった。宗教的事物を芸術としてみることは、すでに人間主義的な態度だからだ。岡倉は東洋史を精神の「表現」としての芸術史において見出したが、いうまでもなく、それはヘーゲルの『美学』を東洋に適用したものにほかならない。さらに、岡倉は、アジアの芸術史をすべて保存する「日本」をいわば美術館として見出した。それは日本を、対立する諸原理を無限抱擁的に受け入れる、無-原理、あるいは西田幾多郎の言葉でいえば「無の場所」——として見出すことである。それが仏教のタームで語られるとしても、その仏教とは「日本」にほかならなかった。しかし、このような読解が実際に普及していったのは、岡倉の死後である。

岡倉が晩年に東京帝国大学で講義した「泰東巧芸史」を、学生として聞き感銘を受けたのが和辻哲郎である。ニーチェ及びキルケゴールの研究者として出発した和辻は、一九一八年(二九歳)に『偶像再興』を書いている。この「偶像再興」には二つの意味がある。ニーチェが破壊した「偶像」を再興するということ、および、日本における仏教的な「偶像」を再興するということである。彼はその翌年に『古寺巡礼』、さらにその翌年、『日本古代文化』を書いた。だが、最初に述べたように、和辻の仏教への見方がもっぱら美学的なものであることに注意すべきである。彼の著書で最も大きな影響を与えたのは『古寺巡礼』であり、それによって、人々は仏教あるいは「日本古代文化」を「発見」したのである。

しかし、和辻が見出した仏教とは、宗教としてあるものではなかった。彼が称揚したのは、何よりも「古寺」なのだ。民俗学者柳田国男は、古代の寺院はカラフルでけばけばしいものであったと言っているが、和辻が、そして彼の影響を受けた人々が愛したのは、古びてくすんだものである。それは西洋におけるロマン派が、荒れ果てた古城に「中世」を発見したのと類似する。彼らが「カトリック」を発見した――カトリックはプロテスタンティズムの後にそう呼ばれるようになった――のと同様に、日本の知識人は「仏教」を発見した。しかし、それは現実および過去の仏教と何の関係もない、美学的な想像物なのである。

ロマン主義は、西洋において、最初の「近代批判」であり、それ以後の「近代批判」は暗黙にそれに帰着する。日本においても同様である。彼らがいう仏教の伝統とは、すでに近代的な意識、しかも美学的想像力の中で見出されたものにすぎない。和辻哲郎が第一次大戦後に示したような転回は、のちに左翼からの転向者である日本浪曼派の亀井勝一郎によって再現される。のみならず、それは戦争期に「近代の超克」という表現のもとに、大がかりな哲学的意味づけを与えられた。注意すべきことは、このシンポジウムに集まった諸派が、すべて根本的に「美学的」だったことである。

安吾の「日本文化私観」が「近代の超克」と題する有名なシンポジウムとほぼ同じ時期に書かれたことに注意すべきである。とはいえ、彼が直接に標的としたのは、一九三三年にドイツから来て三年ほど日本に滞在した建築家ブルーノ・タウトが書いた書物『日本文化私観』あるいは『日本美の再発見』であった。タウトは、カントがいたケーニヒスベルク出身のユダヤ系ドイツ人であり、表現主義から社会主義へ移行し、さらにナチスから逃れて半ば亡命者として来日した。彼を招いたのはモダニストの建築家たちであったが、日本で設計よりは著述に専念したタウトが書いたものは、天皇制ファシズムに傾斜していた状況に大きな影響を与えた。たとえば、彼は、国家的な天皇制イデオロギーのシンボルである伊勢神宮に「純粋な構造学、際立った明晰性、材料の純粋さ、均衡の美」を見出し、徳川家康を祀った日光東照宮を「独裁者のキッチュ」「消化せられぬ輸入品」として糾弾した。建築は非歴史的にアートとして見ることができるとしても、タウトが、こうしたモニュメントがもつ明瞭な政治的な含意を知らなかったはずはない。

タウトは普通のオリエンタリストと違って、西洋と日本の区別をするのではなく、たんに外来的なものと土着的なものを区別した。そこで、大陸からの輸入品と日本の物が混ぜられた日光東照宮に対して、桂離宮や伊勢神宮を「原 - 日本的な文化」のあらわれとして評価したのである。だが、一九三〇年代の日本は、中国の文明が到来する以前の古代日本に本来の「道」を見ようとした国学者本居宣長が最も評価されていた時代である。のみならず、ドイツでは、ラテン化以前の原ゲルマン的文化が称揚された時代である。とすれば、そこから亡命したタウトが、日本の文脈で同じことを主張するのは奇妙というほかない。

しかし、たぶん、彼は別の政治的戦略を持っていたと思われる。彼の意図は、一九三〇年代に支配的になった「帝冠様式」——一九世紀西洋の建築と日本的伝統を混ぜ合わせた、日本の帝国主義を象徴する様式——を批判することにあり、それは彼を招いた日本人の建築家の期待するところでもあった。しかし、タウトは帝冠様式における「伝統主義」を、もう一つの「伝統」を評価することによって打倒しようとする戦略をとったのである。その意味では、これは追いつめられたモダニストの戦略だったといえる。しかし、結果的には、それは一つの「伝統」に、外国人さえ評価するものとして普遍的な意味づけを与えることになった。そのため、「西洋の没落」と「近代の超克」という当時の日本の支配的な言説のなかで歓迎されたのである。ある意味で、それは一九八〇年代にロラン・バルトの『シーニュの帝国』が、フランスにおける彼の意図とは別に、日本のポストモダンな状況において、「近代の超克」の新版として読まれたことと似ている。
坂口安吾は、つぎのようにタウトを批判する。

然しながら、タウトが日本を発見し、その伝統の美を発見したことと、我々が日本の伝統を見失いながら、しかも現に日本人であることとの間には、タウトが全然思いもよらぬ距りがあった。即ち、タウトは日本を発見しなければならなかったが、我々は日本を発見するまでもなく、現に日本人なのだ。我々は古代文化を見失っているかも知れぬが、日本を見失う筈はない。日本精神とは何ぞや、そういうことを我々自身が論じる必要はないのである。説明づけられた精神から日本が生れる筈もなく、又、日本精神というものが説明づけられる筈もない。日本人の生活が健康でありさえすれば、日本そのものが健康だ。湾曲した短い足にズボンをはき、洋服をきて、チョコチョコ歩き、ダンスを踊り、畳をすてて、安物の椅子テーブルにふんぞり返って気取っている。それが欧米人の眼から見て滑稽千万であることと、我々自身がその便利に満足していることの間には、全然つながりが無いのである。彼等が我々を憐れみ笑う立場と、我々が生活しつつある立場には、根柢的に相違がある。我々の生活が正当な要求にもとづく限りは、彼等の憫笑が甚だ浅薄でしかないのである。

（「日本文化私観」一九四二年二月。03巻、三六〇頁）

もちろん、安吾はここで、タウトが発見した日本が虚偽である、日本は日本人であるわれわれにしかわからない、などといっているのではない。彼がここで攻撃しているのは、この当時日本からトルコに行ってすでに客死していたタウトではなく、「古代日本文化」や「近代の超克」を唱えている類の日本の知識人である。そもそも、ある国の「文化」とか「伝統」といったものは、どこでも、いつも外国人、あるいは自国から離れた者が「発見」するものである。それは現実にわれわれが生きている生活、望むと望むまいとにかかわらず、現代の資本制経済によって変容させられている生活とは別個に、見出される空虚な表象である。

ここで、先に引用した安吾の正宗白鳥批判の言葉を置いてみよう。《架空な、そうして我々が決して避くべきでない肉体の真実の懊悩には何の拘わるところもない、ゆがめられた想像によって悟りすましでっちあげられた愚かしい美意識に、過去の文学がどれほど過まられ毒せられたか知れなかった。肉体をもたない悩みはまことの悩みではない。況んや肉体を始めから醜なりと断定し、その過った断定にとらわれて、そこから逃げ出し目を掩うべく悩みつづける、そういう空虚な悩み方は宗教家でさえ心ある人々は不審とする》

（「枯淡の風格を排す」）。要するに、安吾の考えでは、「日本文化」なるものは「でっちあげられた愚かしい美意識」にすぎない。しかし、安吾はたんに倫理的なのではない。彼は独特の「美意識」をもっており、常にそこから語っている。だが、それは通常の快や美と違って、それ自体が倫理的であるような「美意識」であった。

安吾は、ブルーノ・タウトが龍安寺の石庭や修学院離宮のような庭園を評価したことについて、つぎのようにいっている。

龍安寺の石庭が何を表現しようとしているか。如何なる観念を結びつけようとしているか。タウトは桂離宮の書院の黒白の壁紙を絶讃し、滝の音の表現だと言っているが、こういう苦しい説明までして観賞のツジツマを合せなければならないというのは、なさけない。蓋《けだ》し、林泉や茶室というものは、禅坊主の悟りと同じことで、禅的な仮説の上に建設された空中楼閣なのである。仏とは何ぞや、という。答えて、糞カキベラだという。庭に一つの石を置いて、これは糞カキベラでもあるが、又、仏でもある、という。これは仏かも知れないという風に見てくれればいいけれども、糞カキベラは糞カキベラだと見られたら、おしまいである。実際に於て、糞カキベラは糞カキベラでしかないという当前さには、禅的な約束以上の説得力があるからである。

（「日本文化私観」03巻、三六九頁。傍点原文）

ここでは、まるで禅僧タウトに宣教師安吾が対決しているかのようである。安吾はいう。「美」とは、美しく見えるもののことではない、あるいは美を意識したところに美はない。それは必要なもののみが必要な場所に置かれた形態でなければならない。

すべては、実質の問題だ。美しさのための美しさは素直でなく、結局、本当の物ではないのである。要するに、空虚なのだ。そうして、空虚なものは、その真実のものによって人を打つことは決してなく、詮ずるところ、有っても無くても構わない代物である。法隆寺も平等院も焼けてしまって一向に困らぬ。必要ならば、法隆寺をとりこわして停車場をつくるがいい、我が民族の光輝ある文化や伝統は、そのことによって決して亡びはしないのである。

（同右、三七八頁）

だが、安吾がいう「必要」は、たんに実用主義的な必要ではなかった。彼はどうしようもなく「心惹かれた」建築として、たまたま目撃した、小菅刑務所、ドライアイスの工場、さらに駆逐艦を例にあげている。《この三つのものが、なぜ、かくも美しいか。ここには、美しくするために加工した美しさが、一切ない。美というものの立場から附加えた一本の柱も鋼鉄もなく、美しくないという理由によって取去った一本の柱も鋼鉄もない。ただ、必要なもののみが、必要な場所に置かれた。そうして、不要なる物はすべて除かれ、必要のみが要求する独自の形が出来上っているのである》。しかし、建築史家によれば、少なくとも小菅刑務所——もう現存しない——は、当時モダニズム建築として高く評価されていたといわれる。建築についてまったく無知だった安吾は、にもかかわらず、直感的に、バウハウスの指導者グロピウスの有名な言葉に対応していたのである。《われわれは虚偽のファサードやごまかしによって邪魔されることなく、内部の理論が裸のまま放射してくるような明解な有機的建築物を作りだしたい。われわれは、機械、ラジオ、そして高速自動車の世界に適合した建築、機能がその形態との関係で明らかにされるような建築を欲する》(「理念と構造」一九二三年)。

バウハウスに関係していたタウトは、ある意味で、桂離宮や伊勢神宮に、「不要なる物はすべて除かれ、必要のみが要求する独自の形」を見出していたのだ。そして、タウトを批判した安吾は、そうと知らずに、案外タウトと近い場所に立っていたのかもしれないのである。だが、彼らを遠く隔てさせたのは、歴史的状況でもないし、「日本」と「西洋」

の差異でもない。タウトにとってそれが理論であったのに対して、安吾にとってそれはまさに「必要」であった。結果的に符合したにせよ、安吾の独特の「美意識」は、現代芸術の知識から来たものではない。

> 私は山あり渓ありという山水の風景には心の慰まないたちであった。あるとき北原武夫がどこか風景のよい温泉はないかと訊くので、新鹿沢温泉を教えた。ここは浅間高原にあり、ただ広茫たる涯のない草原で、樹木の影もないところだ。私の好きなところであった。ところが北原はここへ行って帰ってきて、あんな風色の悪いところはないと言う。北原があまり本気にその風景の単調さを憎んでいるので、そのとき私は始めてびっくり気がついて、私の好む風景に一般性がないことを疑ぐりだしたのである。
>
> （「石の思い」04巻、二六四頁）

『判断力批判』において、カントは、快・不快は個々人によって異なるが、「趣味判断」は万人に同意を要求するものであり、したがって「普遍性」を要求するものであると述べている。だが、誰も普遍性の基準を定立することはできない。古典主義者のように美の基準を定立することはまちがっている。そこで、カントは「共通感覚」というものを考えた。

共通感覚は、生得のものではなく、文化的・歴史的に形成される。それは普遍性の代理をするとしても、普遍的ではない。たんに「一般的」なだけである。

そこから見ると、安吾は、北原武夫がもつような共通感覚をもっていないことが明らかである。しかし、そのことは、安吾の趣味判断が「普遍性」をはらんでいないということにはならない。たとえば、彼は現代建築に関する知識なしに、モダニスト建築家が到達したような認識をもっていた。たまたま目撃した、小菅刑務所、ドライアイスの工場、さらに駆逐艦に心を惹かれた安吾の「美意識」は、そうと知らずに、モダニズムとつながっていたのである。しかし、彼は共通感覚に異を唱えたのではない。むしろ彼は「私が好む風景に一般性がない」ということに気づかなかったほどなのだ。彼にとって直観的に「必要」だったものは、実用的な必要ではない。

安吾がいう美は、一般的には美的ではなく、むしろ不快なものである。私の考えでは、それはカントが崇高《サブライム》と呼ぶものと関連している。

崇高なものに対する感情は、美学的な量的判定における構想力が、理性による量的判定に適合し得ないところから生じる不快の感情であるが、しかしまたこの不快と同時に喚起された快でもある。即ちこの快は——理性理念の実現に努力することが我々にとって法則である限り、——最大の感性的能力すらかかる理念に適合し得るものでないという判断そのものが、却ってこの理念に一致するところから生じたのである。
（『判断力批判』上、篠田秀雄訳、岩波文庫、一六七頁）

簡単にいえば、美は構想力によって対象に合目的なものを見いだすことから得られる快である。ところが、崇高は、どう見ても不快でしかなく構想力の限界を越えた対象に対して、それを乗り越える主観の能動性がもたらす快である。カントによれば、崇高は、対象にあるのではなく、感性的な有限性を乗り越える理性の無限性にある。《自然の美に対しては、その根拠を我々の外に求めねばならない、これに反して崇高に対しては、その根拠を我々のうちに、即ち我々の心意に求めねばならない、——要するに我々の心意が、自然の表象のなかへ崇高性を持ち込むのである》（同右、一四八頁）。

かつて私は『日本近代文学の起源』において、「風景」は外界に何の関心も持たない「内的人間」によって見いだされたと述べたことがある。[注] そのような風景は基本的にサブライムであり、伝統的な名所・名勝ではない。しかし、まもなく人はそれに慣れ、今度はそのような風景が名勝と見なされるようになる。ヨーロッパでは、カントがこのように書いた時点よりずっと前、一八世紀前半に、イギリス式庭園趣味とともに、風景への趣味が広がっていた。つまり、その時点では、崇高はそれ自体快であり、それは事物自体に存すると見なされていたのである。カント自身も初期に『美と崇高について』においてそのように書いている。すると、カントがここで指摘しているのは、むしろ崇高が対象としては不快なものから来ること、それを快に変えるのは主観の能動性によってであるにもかかわらず、対象そのものが快を与えるかのようにみなされるという、「転倒」にほかならない。したがって、崇高について考えるとき、われわれはアルプスやナイアガラのような風景ではなく、むしろ不快な対象を例に取るべきなのだ。

一方、安吾が称賛する風景は、今なお不快な対象でありつづけている。つまり、フロイト的にいえば、「快感原則の彼岸」にある。それは風景に関する「共通感覚」から逸脱している。小菅刑務所、ドライアイスの工場、駆逐艦といったものが、大多数の人々に快適なはずがない。現代建築・美術の理論を勉強した者は、それを何とか頭で納得しようとするだろう。しかし、安吾がそれに「心を惹かれた」ことは、「約束事」によるのではない。それは彼の「必要」にほかならなかった。むろん、それは近代的機能主義とは無縁である。この「必要」は、彼が存在するための必要であり、おそらくそれは「反復強迫」と呼ぶべきものである。

［注］安吾は、かつて私が『日本近代文学の起源』において「風景の発見」として述べた事柄について、すでに洞察していた。「風景の発見」以前に、人々がどのように山を見ていたか。安吾は、それは「恐怖の対象」であり、転じて「崇敬の対象」であったといい、次のようにいう。《……登山になれた我々の感情によって、祖先達の山の感情を忖度することはできない。／今日山の「感傷」は西洋の文化と感情が移入されるまで、祖先達になかった。信州の高原地帯には昔から鈴蘭があったのだが、こんな雑草が東京へ送ると金になるのだからと云って、山里の人たちは驚いているのであった》（「日本の山と文学」03巻、九六頁）

6　ふるさと

安吾が「私の好む風景に一般性がないことを疑りだした」という前に、次のような一節がある。

私は今日も尚、何よりも海が好きだ。単調な砂浜が好きだ。海岸にねころんで海と空を見ていると、私は一日ねころんでいても、何か心がみたされている。それは少年の頃否応なく心に植えつけられた私の心であり、ふるさとの情であったから。

私は然し、それを気付かずにいた。そして人間というものは誰でも海とか空とか砂漠とか高原とか、そういう涯のない虚しさを愛すのだろうと考えていた。

（「石の思い」04巻、二六四頁）

安吾は、「日本文化私観」を書く少し前、一九四一年に、「文学のふるさと」というエッセイを書いている。彼はその中で幾つかの物語を例にとっているが、その最初の例はシャルル・ペローの『赤頭巾』である。[注] これは一般に子供向けに流布している話と違って、お婆さんを見舞いに森の中にいった女の子を、お婆さんに化けた狼が食ってしまうというところで終わっている。《私達はいきなりそこで突き放されて、何か約束が違ったような感じで戸惑いしながら、然し、思わず目を打たれて、プツンとちょん切られた空しい余白に、非常に静かな、しかも透明な、ひとつの切ない「ふるさと」を見ないでしょうか》。

モラルがないということ自体がモラルであると同じように、救いがないということ自体が救いであります。

私は文学のふるさと、或いは人間のふるさとを、ここに見ます。文学はここから始まる——私は、そうも思います。

アモラルな、この突き放した物語だけが文学だというのではありません。否、私はむしろ、このような物語を、それほど高く評価しません。なぜなら、ふるさとは我々のゆりかごではあるけれども、大人の仕事は、決してふるさとへ帰ることではないから。……

だが、このふるさとの意識・自覚のないところに文学があろうとは思われない。文学のモラルも、その社会性も、このふるさとの上に生育したものでなければ、私は決して信用しない。そして、文学の批評も。（「文学のふるさと」03巻、二六九―二七〇頁）

この言い方は、実際は「一般性」をもっていない。ひとが「ふるさと」あるいは「家」について思い浮かべるのは、親和的なものである。ところが、ここでは、人を「突き放す」ものが「ふるさと」なのだ。だが、安吾は、それが万人に妥当するかのように語っている。「ふるさと」と同様に、安吾がいう「堕落」もそのような食い違いをはらんでいる。

われわれは、それらの語をキーワードとして用いた哲学者と比較することによって、安吾の位相を示すことができるだろう。人間（現存在Dasein）を死に関わる存在（Sein tum Tode）と見なしたハイデガーは、そこからの日常性への逃避を堕落Verfallと呼んだ。また、近代はいうまでもなくソクラテス以後の哲学を「存在」という「ふるさと」の喪失として見ている。すると、堕落は、ふるさと、あるいは共同存在Mitseinの喪失を意味するといってもよい。この堕落から本来性への回帰は、政治的には、ナチズムを意味する。その日本版が「近代の超克」であった。しかし、安吾にとって、「ふるさと」は、人を「突き放す」何かである。それは、現存在の本来性を他者に突き放されて在ることに見出すことである。堕落とはそこに向かうことである。

ハイデガーがいうことはおそらく「一般的」であり、「ふるさと」を安吾のような意味で使うことのほうが異例である。けれども、注意すべきことは、安吾が自分のいうことが「一般的でない」ことにほとんど気づいていなかったということである。彼はあえて通念に異を唱えたのではない。本気でそう思っていたのだ。安吾の特異性は、彼自身がそれを意識していなかったことにある。少年時から、彼は海や砂浜や青空、要するに単調で果てしないものを好んだ。安吾を論じる者は、必ず最初期に書かれた次の言葉を引用するだろう。

私は蒼空を見た。蒼空は私に沁みた。私は瑠璃色の波に噎《むせ》ぶ。私は蒼空の中を泳いだ。そして私は、もはや透明な波でしかなかった。私は磯の音を私の脊髄にきいた。単調なリズムは、其処から、鈍い蠕動を空へ撒いた。

長い間、私はいろいろなものを求めた。何一つ手に握ることができなかった。そして何物も摑まぬうちに、もはや求めるものがなくなっていた。私は悲しかった。しかし、悲しさを摑むためにも、また私は失敗した。悲しみにも、また実感が乏しかった。私は漠然と、拡がりゆく空しさのみを感じつづけた。涯もない空しさの中に、赤い太陽が登り、それが落ちて、夜を運んだ。そういう日が、毎日つづいた。

（「ふるさとに寄する讃歌」01巻、三四、三五頁）

安吾はその原因を母に愛されなかったことに求めている。たとえば、精神医学者米倉育男は次のように述べている。《坂口安吾の幼児期は、母からの愛を拒否されたと感じたが故に、母子一体化への強い希求と、母への憎悪、攻撃との両価的かかわりの渦中にあったといえよう。そして、この母とのかかわりは彼の一生を規制し、ついには、「成熟」への必然としての「母親殺し」の代償として、アルコールや眠剤による強力な母への回帰欲求との戦いをくり返さねばならなかった》（「嗜癖者の病跡学的研究（その3）――坂口安吾について」『日本病跡学雑誌』第14号、一九七七年、四九頁）。

こうした事柄は、安吾自身が書いたものから説明できる。しかし、それは安吾が書いた作品の「内容」であって、その「形式」に触れていない。安吾は母について幾度も書き、「母を殺す」ことについても書いた。けれども、それは、彼が父や母とのエディプス的葛藤にとらわれていたことを意味するのではない。彼の衝動は、「海や砂浜や青空、要するに単調で果てしないもの」、つまり無機物に回帰することにあった。それはフロイトが「死の欲動」と呼んだものだが、それについては次章で論じよう。ここでいっておきたいのは、そのような無機的な世界が安吾にとって「ふるさと」であったということだ。「ふるさと」は、彼にとって母のようなものではない。

「文学のふるさと」というエッセイで、安吾は、文学の「ふるさと」に昔話を見いだしている。柳田国男は、昔話が本来大人によって語られ、そのために、残酷・猥雑な要素があったと言っている。というより、子供と大人の区別がなく、子供も一緒に昔話を聞き、子供なりに理解していた。近代では、それはロマン主義者グリムがそうしたように「童話」として再編された。にもかかわらず、そこにはまだ或る不条理性が残っている。フランスの作家ペローは、それをあえて保持しようとしたのである。安吾はおそらく子供時代にすでに「童話」用に組み替えられたものを読んでいたから、これを読んで衝撃を受けたのだ。安吾は、今昔物語や伊勢物語などの「説話」にこのように「突き放す」ものを見いだしている。むろん、それは物語一般とは違っている。

安吾のいう「突き放し」は、シクロフスキーが「非親和化」、あるいはブレヒトが「異化」と呼んだものと同じである。安吾はそのような理論を知らなかった。が、彼はそうと知らずに、同じことを考えていたのである。それは、彼がバウハウスの建築論を知らなかったのに、類似した洞察を示したこととも関連する。つまり、これは安吾の特異性なのであって、どこかから得た知識によるのではない。

なぜ昔話や説話に、近代小説や童話にない「非親和化」が見られるのか。この問いは、逆立ちしている。そもそも近代小説、あるいは、童話の形式が親和的な「ふるさと」をもたらしたのだ。安吾は、最初からそれになじめなかった。というより、かれの「ふるさと」は近代文学が自明の前提とするものと背反するものであった。そのように考えたときにはじめて、「母殺し」あるいは「母の不在」が、安吾文学を解く鍵となるだろう。

〔注〕一般に知られている「赤頭巾」は、一九世紀初期にドイツのロマン主義者グリム兄弟が民話を童話に書き換えたものである。日本の昔話（民話）を採集した柳田国男は、民話を児童向けに書き換えたグリム兄弟を批判した。大人に向けて書かれたペローの話のほうに、昔話の雰囲気が残っているのは、そのためである。安吾はそれに気づいた。ペローは一八世紀フランスの宮廷官僚で、まだ古典文学が権威とされた時期に、新文学、というより、ヨーロッパ土着文学を擁護したことで知られる。つまり、ペローは民俗学が出現する以前に、民話の意味を考えていたのである。彼はそこに「文学のふるさと」を見た、といってもよい。

7 子供

ふるさと、風景といったものは、近代の認識論的装置である。ふるさとも風景も近代以前からあった。しかし、それはわれわれが近代文学を通して見いだすようなものとは異質である。子供にかんしても同様のことがいえる。先に述べたように、柳田国男は、昔話が大人の間で語られていて、それを子供も一緒に聞いていたのだといっている。昔話は、残酷であるだけでなく猥褻でもあった。子供もそれをわかる範囲で聞いていた。それを近代になってロマン主義者が「子供」向けに書き換えたのが童話である。このことは、子供が新たに「子供」として見いだされたことを意味する（「児童の発見」『日本近代文学の起源』参照）。

もちろん、それ以前にも子供と大人の区別はあった。しかし、それは服装や権限など外形的なもので、ある年齢に達し資格（通過儀礼）を満たせば、子供は大人として扱われ、実際大人になる。しかし、その前から、農民や職人の子供は早くから「小さな大人」として扱われている。現在でも、相撲や歌舞伎という伝統的な職業形態においては、横綱になったり襲名した者は、どんなに若年であろうと風格を帯び大人びて見える。すると、近代人を悩ましている「成熟」という問題が、子供が一種の抽象物として見いだされ、且つそのように扱われるようになってから生じたことは明らかである。成熟は内面的な問題ではなく、子供と大人の分離から生じた問題なのである。

この分離はルソーやロマン派が主張した「純粋な子供」という観念のためだけではない。それは、子供が親のあとを継ぐのが当然であるような前近代社会（共同体）の生産関係が、商品経済によって解体されるようになったことに根ざしている。子供は、生産手段（土地その他）による保護と束縛から二重の意味で「自由な」者として、将来、どのような可能的職種にも、自らを労働力商品として売ることができるように、抽象的な存在にならなければならない。子供と大人の分離は、だから、人間と生産手段の分離――マルクスが「原始的蓄積」と呼ぶ――に対応している。成熟の問題は、資本制社会に固有の問題であり、それをたんに心理的に扱うことも、非歴史的に扱うこともできない。

フロイトは子供に「小さな大人」を見いだした。いいかえれば、性欲をもった子供――多形的倒錯者としての子供――を。だが、それが衝撃的だったのは、もう子供という観念ができあがり、子供向けの文学まであるような時代においてである。それまで、大人たちは子供がいるまえで遠慮なく猥褻な昔話をしていた。ということは、子供を特別に非性的な存在と見なしていなかったということである。ただし、柳田国男は、童話の近代性を非難しながらも、南方熊楠が批判したようにそのような性的側面を抑圧しようとした。その意味で、彼もまたロマン派の一人であった。安吾は書いている。《黒谷村は猥褻な村であった。気楽な程ののんびりとした色情が、――そう思って見れば、蒼空にも森林にも草原にも、だらしなく思われる程間の抜けた明るさを漂わしていた》(「黒谷村」01巻、八五頁)。しかし、「黒谷村」が特別に猥褻な村だったわけではない。それはむしろ日本ではありふれた村である。そして、安吾は書いていないが、当然子供もその中に混じっていたのである。

ユングをはじめ、多くの弟子がフロイトから離反したのは、フロイトの性欲動の理論に対する反発からだとされている。しかし、根本的には、子供を性的存在として見る考えに対する反発である。ところが、それをとってしまうと、精神分析はたんにロマン派的な思想になってしまう。たとえば、ユングは精神分析の起源をロマン主義思想家・詩人に求めている。つまり、それは、意識と無意識、平たく言えば、理性と感情の二元論である。無意識とは、理性によって抑圧された欲動であり、それは理性の検閲を通って出てくる。実際に、無意識という概念はロマン主義からあり、また、そのような用語を使わなくても、同じような理論的装置が、今日では文化人類学や記号論のかたちでくりかえされている。

ロマン主義は、しばしば青年的で、主観的・反逆的な態度として受け取られている。しかし、実際は、ロマン主義は、後期のワーズワース（『プレリュード』）やヘーゲル（『精神現象学』）がそうであったように、主観的精神から客観的精神への発展をふくむものである。フロイトのタームでいえば、「快感原則」を自ら抑制して「現実原則」を受け入れて成熟する過程全体なのである。たとえば、江藤淳は『成熟と喪失』において、「母」との一体性から決別する「喪失」によって、人は「父」となり「成熟」するのだといっている。しかし、これこそロマン主義的思考の典型である。彼が準拠したエリック・エリクソンの「アイデンティテイ」論は、フロイトの性欲動理論を斥けた精神分析の一派である。しかし、それはヘーゲルが「精神哲学」で書いたこととほとんど同じである。ヘーゲルによれば、病とは、精神がその発展を拒んで、低次の段階に固執することだ。だから、幼児の性欲を認めなければ、フロイトの考えは、ロマン主義の中に吸収されるというほかはない。

フロイトは性的リビドーの観念に固執し、また神経学的視点に固執することによって、むしろそのようなロマン主義的無意識概念を斥けている。だが、ユングと共存できたということ自体、フロイトの考えもある程度ロマン主義的であったということを示している。たとえば、『夢判断』も、夢の検閲装置における言語的変形の仕事——いいかえれば象徴形式（カッシーラー）——を明らかにしたことを除けば、基本的に、意識（理性）によって抑圧されたものが無意識であるというようなロマン主義的思考に基づいている。その意味で、精神分析そのものが歴史的な産物である。しかし、フロイトは、幼児を性的存在として見ることによって、ロマン主義者が自明視する諸前提の一つを切り崩そうとした。それは資本制経済によって形成された諸前提を対象化することであり、いいかえれば、近代的な認識論的装置を疑うことである。そのことが見失われれば、精神分析は、たんに「成熟」を目指す保守的な思想となるほかない。

しかし、フロイトの精神分析が決定的にロマン主義から絶縁したのは、性的リビドーの強調によってではなかった。実際、フロイトが真にユングと決別したのは、『快感原則の彼岸』において、ロマン主義的な二元論から決別したときである。第一次大戦後、戦争神経症患者を相手にしたとき、フロイトは彼らが、戦場での不快な体験をくりかえし見るケースに直面した。彼はそのような反復強迫をもたらすものが「快感原則の彼岸」にあること、というより、快感原則と現実原則のいずれをも越える根源的な欲動であると考えたのである。彼はそれを「死の欲動」と呼んだ。それは旧来の精神分析の枠組みを根本的に変えるものである。

しかし、ある意味で、それは初期からあった問題である。フロイトは『夢判断』において、夢が願望充足であるという原理、いいかえれば、現実原則に抑圧された快感原則が夢において変形された形で実現されるという原理をつらぬこうとしていたが、そのとき、不快な夢をくりかえし見るというケースを説明できず、不問に付していたのである。それを問い直すことをフロイトに迫ったのが、戦争神経症患者であり、いいかえれば、第一次大戦であった。

フロイトは死の欲動を、生命が無機質にもどろうとする欲動であると考えた。それが外に向けられると攻撃欲動となる。さらに、攻撃欲動は内に向けられる。それは、攻撃欲動を抑える超自我を形成する。それについては、次章で述べよう。ここで注目したいのは、彼が「快感原則の彼岸」という論文を、彼の孫が母親の不在のときに繰り返しやった遊びの例からはじめていることである。フロイトはここに、子供が母の不在という不快な経験を再現することによってそれを快に変える行為を見いだしている。つまり、この「反復」にたんに受動的な行為ではなく、能動的な行為を見出したのである。

安吾が、少年期以来、単調で反復的な無機質の風景にどうしようもなく惹かれていたということは、フロイトが述べた「無機物への回帰」という意味での死の欲動を思わせる。しかし、ここで私はフロイトが例にとった孫のケースを考えたい。この子供は、母親に置き去りにされた苦痛を能動的に越えようとしたのである。安吾の場合、おそらく、海と空と砂を見てすごすことは、母の不在を克服する「遊び」であったといってよいだろう。そうした風景は彼に快を与える。しかし、それは母の不在という不快さを再喚起することにおいてなされているのである。彼にとって、「ふるさと」は「突き放す」ものである。つまり、それはまさに不快な経験を反復することである。彼が快を見いだす風景は、大概の人にとっては、不快で不気味でもある。だが、それは彼にとって快である。あらためていえば、安吾が好む風景は、美ではなくサブライム、つまり、不快を通して得られる快なのである。

カントはこういっている。《崇高なものに対する感情の「性質」は次のようなものである。この感情は、我々が対象を美学的に判定する場合の判定能力に関する不快の感情である、しかしこの不快は、同時にこの判定能力に関して合目的なものと見なされる。そしてこのことは、主観自身の無能力が却ってこの同じ主観の無制限な能力の意識を開顕するものであるということ、また心意識は、主観の無制限な能力を主観自身の無能力によってのみ美学的に判定し得るということによって可能になるのである》(『判断力批判』上、篠田英雄訳、岩波文庫、一七〇頁)。フロイトがとりだした子供——母親に置き去りにされた苦痛を反復的に再現する遊戯によって快に変える——の例は、カント的にいえば、「主観の無制限な能力を主観自身の無能力によってのみ美学的に判定しうる」ことを示している。この子供は言葉によって「無能力」を越えようとしたのである。

安吾は、風景、ふるさと、童話について頻繁に語った。それは安吾をロマン派のように見せる。しかし、彼はそのような想像物としての「起源」に回帰したのではない。では、何が彼を非ロマン派にしているのか。それは、彼が理性と感情、現実原則と快感原則といったわかりやすい二元性とは異質なものを見いだしていたことである。それはいわば「死の欲動」である。しかし、安吾はそれを自覚していたのではない。彼はいつも何かに強いられていると感じていた。それが何かを問いつめようとするのが彼の文学である。安吾は精神分析を嫌っていた。それは彼自身が精神分析的であったからだ。

8　超自我

江藤淳は戦後の作家について次のように書いている。《つけ加えれば、安岡氏をはじめ吉行淳之介、阿川弘之、三浦朱門といったようないわゆる「第三の新人」の諸作家が、もっぱらこの中学生的な感受性を武器にして文壇的出発をとげたのは特筆すべきことと思われる。つまりそれは「子供」でありつづけることに決めた「大人」の世界であり、どこかに母親との結びつきをかくしている。ある意味では「第一次戦後派」から「第三の新人」への移行は、左翼大学生から不良中学生への移行だといえるかも知れない。もちろんこの左翼大学生である「第一次戦後派」は父との関係で自己を規定し、不良中学生たる「第三の新人」は「母」への密着に頼って書いたのである》（『成熟と喪失』講談社文芸文庫、一八頁）。

かりにこのような観点をとると、坂口安吾はどのように見えるだろうか。彼は小学校から中学において半ば学校をサボっていたから、「不良中学生」のように見えるだろう。つまり、「子供」でありつづけることに決めた「大人」のように。しかし、彼には『母』への密着」はまったくない。のみならず、彼はピューリタンのように潔癖であって、「不良」という言葉はふさわしくない。彼は「不良」という、適度な社会的反抗というものと縁がなかった。反抗するほどどこにも権威を感じていなかったからだ。同時に、彼は「左翼大学生」ではなかった。彼は「左翼大学生」が絶対化した「党」に何の権威も認めなかった。なるほど、彼は落伍者であり無頼であるが、そこに「母」や「父」を裏切った罪の意識はない。ちょっとした違和感や罪意識をうじうじと持ち続けることで、何か自分が特別だと思いこむのが「文学的」だとしたら、彼はまったく非文学的であろう。

要するに、安吾は江藤淳的な理解を超えている。安吾には、親や世間から与えられた規範のようなものはなかった。ところが、彼は極度に自己立法（自律）的であり、それに関しては峻厳かつ勤勉であった。仏教の僧侶になろうとしたことも、そこから生じた神経衰弱を語学の勉強で直そうとしたことも、誰に言われたわけでもない。自分が立てた厳格な基準や規則によってである。つまり、安吾を律していたのは外的な「現実原則」ではなく、内的な規律であった。

このような安吾の特異性を見るには、後期フロイトの認識が必要である。というのも、江藤の考えはまさに前期フロイトにもとづくものだからだ。私は先に、フロイトが第一次大戦後に戦争神経症の患者に出会ったことから、根本的に態度を変えたことを述べた。通常、フロイトの見方は、つぎのようなものだと考えられている。人は幼年期に、親から規範をうけとる。つまり、親に押しつけられたことを内面化している。一般に、超自我はそのようなものとみなされている。しかし、超自我はフロイトが後期に提起した概念であって、前期にはない。前期にあったのは、無意識の欲望を抑制し監視する検閲官のようなものである。これは親を通して内面化された社会的規範である。

しかし、後期フロイトが提起した超自我とは、そのように外から来るものではない。先に述べたように、死の欲動は生命（有機体）が無機質の状態に回帰しようとする根本的な欲動である。これは、外に向けられると攻撃欲動となる。さらに、この攻撃性が内に向かうことで形成されるのが超自我である。今度は、それが内なる攻撃欲動を抑えるものとなる。このようにして形成される超自我は、親の躾けが内面化されたようなものとは異質である。それは外からくるように見えても、実はもともと内にあったものだ。ゆえに、超自我は自律的であり、社会的規範からも独立している。

興味深いのは、安吾がフロイトについてもっていた見解である。彼は、戦後に鬱病で東大病院に入院したとき、見舞いに来た批評家小林秀雄とのやりとりを、つぎのように回想している。

小林秀雄はフロイドの方法が東大に於て使用されているかどうかをきき、使用していないという僕の返事に、ちょッと意外な顔をした。

僕自身発病して入院するまで、フロイドの方法をかなり高く評価していた。然し、入院して後は、突如として、フロイドの方法はダメだという唐突な確信をいだいた。

僕はその時、思った。精神病の原因の一つは、抑圧された意識などのためよりも、むしろ多く、自我の理想的な構成、その激烈な祈念に対する現実のアムバランスから起るのではないか、と。

（「精神病覚え書」07巻、三六三－三六四頁、三六六頁）

安吾はフロイトを斥けた。しかし、彼が斥けたのは前期のフロイトにすぎない。安吾が得た新たな認識はむしろ、後期フロイトと合致するのだ。安吾の自己分析はまちがっていない。「自我の理想的な構成、その激烈な祈念」をもたらしているものは、親や世間から来るものではない。それは彼自身にどうにもならないものだ。それこそ超自我なのである。安吾における強い超自我は、親とは無関係である。一見すると、超自我は厳しい親の躾けによって形成されるように見える。しかし、必ずしもそうではない。フロイトはこういっている。《実際には、幼児の中に形成される超自我の峻厳さは、その幼児自身が経験した取扱いの峻厳さの反映ではけっしてないのである。両者のあいだに直接の関係はないらしく、非常に甘やかされて育った幼児が非常に峻厳な良心の持主になることもある》(「文化への不満」『フロイト著作集』3巻、人文書院、四八四頁)。安吾も、そのような少年期を過ごしたといってよい。

くりかえすと、鬱病は、自我が強い超自我によって抑えこまれたときに生じる。しかし、超自我が抑圧的であるということのみを強調するのは誤りである。超自我は、逆に、弱い自我を助ける働きをすることがある。フロイトは、それを母が不在のときに子供がその苦痛を「いない、いない、ばあ」という遊びによって克服することに見ていた。彼がそれをもっと明確に示したのは、「ユーモア」という論文である。前期フロイトは、ウィット(機知)を、現実原則の規制をくぐり抜けて、抑圧された願望を充足するものだと見ていた。しかし、ユーモアはウィットとは異なる。それはウィットほど大きな快感を与えないが、そこには「何か堂々としていて、かつ崇高なところ」がある。

フロイトは、ユーモアの一例として、月曜日絞首台に引かれていく囚人が「ふん、今週も幸先がいいらしいぞ」と言ったことを挙げている。これは人を大笑いさせるようなジョークではない。が、「何か堂々としていて、かつ崇高なところ」がある。フロイトはつぎのようにいう。

それゆえにこそユーモアには、たとえば機知などにおいては全然見られない一種の威厳が備わっているのである。なぜなら、機知とは、ただ快感をうるためだけのものであるか、ないしはそのえられた快感を攻撃欲動の充足に利用するだけであるから。ところで、ユーモア的精神態度の本質は何であろうか。人々はこの態度を持することによってわが身から苦しみを遠ざけ、自我が現実世界によっては克服されえないことを誇示し、堂々と快感原則を貫きとおす。(「ユーモア」『フロイト著作集』3巻、四〇八頁)

フロイトは、ユーモアをもたらしているのは超自我である、という。それが、窮して無力となった自我を鼓舞するのである。これは、安吾に関してあてはまる。彼が最初に重い鬱病になったのは、東洋大学で仏教を専攻し悟りを得ようとしたときである。

坊主の勉強も一年半ぐらいしか続かなかった。悟りの実体に就て幻滅したのである。結局少年の夢心で仏教の門をたたき幻滅した私は、仏教の真実の深さには全くふれるところがなかったのではないかと思う。つまり仏教と人間との結び目、高僧達の人間的な苦悩などに就ては殆どふれることがなかったもので、倶舎《くしゃ》だの唯識だの三論などという仏教哲学を一応知ったというだけ、悟りなどという特別深遠なものはないという幻滅に達して、少年時代の夢を追い再び文学に逆戻りをした。

（「処女作前後の思い出」04巻、四六頁）

文学に戻ったとはいえ、それはかつて彼が知っていたようなものではなかった。鬱状態から回復したのち、彼が見出した文学はファルスである。《ファルスとは、人間の全てを、全的に、一つ残さず肯定しようとするものである。凡そ人間の現実に関する限りは、空想であれ、夢であれ、死であれ、怒りであれ、矛盾であれ、トンチンカンであれ、ムニャムニャであれ、何から何まで肯定しようとするものである》（「FARCEに就て」01巻、二五八頁。傍点原文）。

彼が肯定したのは自我である。といっても、それはそれまでの近代文学にあったような自我肯定とは違っている。後者は、家や世間の規範の中で自我を確立することである。安吾にとって、そんなことは問題ではなかった。しかし、安吾は別のかたちで追いつめられた自我をもっていた。それが彼の鬱病としてあらわれたのである。その追いつめられた自我を助けるのは、他でもない、超自我である。安吾の場合、それがユーモアというより、ファルスという形をとったのだ。その結果、彼の「文学」は、近代文学とはまったく異質なものとなった。

9　ファルス

安吾が最初に発表した小説はファルスであった。それについて彼はつぎのように回想している。

私は同人雑誌に「風博士」という小説を書いた。散文のファルスで、私はポオのX'ing Paragraph とか Bon Bon などという馬鹿バナシを愛読していたから、俺も一つ書いてやろうと思ったまでの話で、こういう馬鹿バナシはボードレエルの訳したポオの仏訳の中にも除外されている程だから、まして一般に通用する筈はない。私は始めから諦めていた。ただ、ボードレエルへの抗議のつもりで、ポオを訳しながら、この種のファルスを除外して、アッシャア家の没落などを大事にしているボードレエルの鑑賞眼をひそかに皮肉る快で満足していた。それは当時の私の文学精神で、私は自ら落伍者の文学を信じていたのであった。

私は然し自信はなかった。ない筈だ。根抵がないのだ。文章があるだけ。その文章もうぬぼれる程のものではないので、こんなチャチな小説で、ほめられたり、一躍新進作家になろうなどと夢にも思っていなかった。

（「二十七歳」05巻、九九－一〇〇頁）

しかし、このような自己評価は正しいと同時にまちがっている。というのは、これはあたかも安吾が最初、ファルスから出発したが、まもなくそれを脱したかのように聞こえるからだ。事実は、そうではない。安吾はファルスでないような小説を書こうとした。しかし、結局それに挫折したのである。なぜか。安吾はファルスについて、次のように述べている。

斯様にして、ファルスは、その本来の面目として、全的に人を肯定しようとする結果、いきおい人を性格的には取扱わずに、本質的に取扱うこととなり、結局、甚しく概念的となる場合が多い。そのために人物は概ね類型的となり、筋も亦単純で大概は似たり寄ったりのものであるし、更に又、その対話の方法や、洒落や、プローズの文章法なぞも、国別に由って特別の相違らしいものを見出すことは出来ないようである。

（「FARCEに就て」01巻、二五九頁）

安吾自身は、自身の仕事が根本的にファルス的であることを自覚していた。一見してファルスではないものを目指しても、結局ファルス的になる。ファルスは「風博士」のようなものだけではない。たとえば、「桜の森の満開の下」のような説話もそうだし、歴史小説、評論、探偵小説もそうだ、といえる。通常の作家の場合、小説、エッセイ、批評が区別される。また、小説が主であり、エッセイ、批評などは副である。しかし、安吾の作品では、そのような区別が成り立たない。彼の小説そのものがエッセイ、批評であり、その逆に、エッセイ、批評も小説である。ゆえに、いわゆる「純文学」的な小説だけを読んで、それが安吾本来の仕事だというのはまったくの勘違いである。[注]

安吾の仕事は通常の近代文学の物差しで見ることはできない。もともと彼はそれを拒否していたからだ。彼が自らを「落伍者の文学」というのは、むしろその意味においてである。安吾と同時代の西欧文学では、ブルトンのシュールレアリズムをはじめ、近代文学を越えようとする前衛的な試みがなされていた。安吾がそれから影響を受けたことは疑いないが、彼がいう「ファルス」はそれよりもっと古い問題である。そして、それは日本では、安吾より前の文学にあった。私は、安吾のいう「ファルス」に近いものを、正岡子規のいう「写生文」にみとめたい。

子規は「写生」を唱え、「客観的」描写を唱えた。そのようにいうと、子規はリアリズム文学を唱えたと思う人がいるかもしれない。事実、子規の系列からリアリズム小説が出てきたのである。しかし、子規の「写生」はそのようなものではなかった。たとえば、子規は「死後」と題する文においてつぎのように書いている。彼は三五歳で死んだのだが、最後は結核を患って七年ほど病床にあった。

余の如き長病人は死といふ事を考へだす様な機会にも度々出会ひ、又さういふ事を考へるに適当した暇があるので、それ等の為に死といふ事は丁寧反覆に研究せられてをる。併し死を感ずるには二様の感じ様がある。一は主観的の感じで、一は客観的の感じである。そんな言葉ではよくわかるまいが、死を主観的に感ずるといふのは、自分が今死ぬる様に感じるので、甚だ恐ろしい感じである。動気が躍つて精神が不安を感じて非常に煩悶するのである。これは病人が病気に故障がある毎によく起こすやつでこれ位不愉快なものは無い。客観的に自己の死を感じるといふのは変な言葉であるが、自己の形体が死んでも自己の考は生き残つてゐて、其考が自己の形体の死を客観的に見てをるのである。主観的の方は普通の人によく起こる感情であるが、客観的の方は其趣すら解せぬ人が多いのであらう。主観的の方は恐ろしい、苦しい、悲しい、瞬時も堪へられぬやうな厭な感じであるが、客観的の方はそれよりもよほど冷淡に自己の死といふ事を見るので、多少は悲しい果敢《はか》ない感もあるが、或時は寧ろ滑稽に落ちて独りほゝゑむやうな事もある。》

（「死後」明治三四年二月「ホトトギス」。『子規全集』十二巻、五一〇－五一一頁）

「死後」というタイトルから、読者があの世とか霊界というようなものを予期するならば、見事に裏切られるだろう。これは、徹底的に唯物論的な話である。棺は窮屈だし、土葬は息苦しい、火葬は熱い、水葬は泳げないので水を飲みそうだ、ミイラも困るといったことが延々と書かれているからだ。これはユーモアというより、むしろファルスである。子規がいう「客観的」観点とは、死に瀕した無力な自我を、自ら「たいしたことはないよ」と励ますような態度なのだ。

ところで、子規の「写生文」を受け継いだのは、その弟子の伊藤左千夫でもなければ高浜虚子でもない。親友の夏目漱石である。そして、写生文の典型は『吾輩は猫である』であるといってよい。ちなみに、漱石という号は子規が持っていたもので、夏目金之助がそれを譲り受けたのである。漱石とは中国の四字熟語にもとづく語で、ひねくれ者、「落伍者」という意味だ。また、子規は結核で喀血したあと、やはり中国の故事に由来する、

「啼いて血を吐く時鳥《ホトトギス》」にちなんで、ホトトギスという同人誌を始めた。つまり、写生文は、まったく無力となった自我の境地から生じたものである。ついでにいうと、漱石の『吾輩は猫である』は、最初同人誌ホトトギスの会合で口頭発表された。大変好評であったために、漱石はそれを連載したのだ。つまり、写生文は人が通常考えるものとまるで違う。

写生文に関して最も理解していたのは、やはり漱石である。彼はいう。

　写生文家の人事に対する態度は貴人が賤者を視るの態度ではない。賢者が愚者を見るの態度でもない。君子が小人を視るの態度でもない。男が女を視、女が男を視るの態度でもない。つまり大人《たいじん》が小供を視るの態度である。両親が児童に対するの態度である。世人はさう思ふて居るまい。写生文家自身もさふ思ふて居るまい。しかし解剖すれば遂にこゝに帰着して仕舞ふ。

（「写生文」『漱石全集』十六巻、五〇頁）

そして、漱石は、これは西洋から来たものではない、という。「かくの如き態度は全く俳句から脱化してきたものである」といっている。しかし、それは、たんに俳句のものではない。それは、死に長く直面してきた子規のある種の過激性からきたのだ。したがって、漱石は写生文的なものを、日本の俳諧よりもむしろ、ローレンス・スターンなどのイギリスの小説に見出した。たとえば、『草枕』はスターンの『センチメンタル・ジャーニー』に対応するといえる。それは、写生文が日本や西洋と関係なく、普遍的な事柄に対応することを意味する。それは一言でいえば、ユーモアである。実際、漱石が写生文家について述べたことは、フロイトがユーモアについて述べたことと、まったく同じなのだ。

いってみれば、ユーモアとは、ねえ、ちょっと見てごらん、これが世の中だ、随分危なっかしく見えるだろう、ところが、これを冗談で笑い飛ばすことは朝飯前の仕事なのだ、とでもいうものなのである。

おびえて尻込みしている自我に、ユーモアによって優しい慰めの言葉をかけるものが超自我であることは事実であるとしても、われわれとしては、超自我の本質について学ぶべきことがまだまだたくさんあることを忘れないでおこう。

（「ユーモア」『フロイト著作集』3巻、四一一頁）

フロイトがユーモアの例として死刑囚のエピソードをあげていることも、符合的である。たぶん、自我が最も無力な状態に置かれるのは、死ぬことが確実に迫っている時だろうから。正岡子規に始まる写生文は、そこから生まれた。それは漱石以外には受け継がれることはなかった。が、ある意味で、それは安吾において「ファルス」として受け継がれたのである。

夏目漱石・正岡子規の文学と、坂口安吾の文学には共通した面がある。それはむしろ彼らの作品の読者の態度において顕著に示される。たとえば、私の記憶では、一九六〇年代まで、夏目漱石は大衆的な人気はあったが、文壇では軽視されていた。せいぜい、最晩年の『道草』や『明暗』が評価されていたにとどまる。それらはリアリズム小説として読めるからだ。一方、坂口安吾が戦後の無頼派のイメージを越えて、第一級の文学者として認知されるようになったのも、一九六〇年代以後である。このことは、この時期に、それまで日本近代文学にあった規範が崩壊しかけたことを意味する。

［注］　したがって、「安吾全集」はさまざまなジャンルの作品を分類したようなものであってはならない、たんに年代順に置くべきである。というのが、今回新全集を編纂した私の考えである。この新全集において、安吾の作品は全体としてファルスであると見なしてよい。

10　イノチガケ

安吾は日中戦争がはじまった一九三七年頃から、キリシタンの研究を始めている。それは「日本文化私観」のようなエッセイを可能にしたものであり、また、のちに『信長』など戦国時代に関する小説、さらに一般に歴史小説を書くことへのきっかけになったものだ。キリシタンに注目したのは安吾が最初ではない。すでに芥川龍之介がキリシタンを一連の作品に取り上げていた。芥川は、そこに、日本と西洋との最初の出会いを見ていたが、それは明治以後に生じたことを一七世紀に投射することであった。しかも、それは日露戦後から大正時代にかけて、日本が長く続いた西洋からの脅威を免れただけでなく、逆に西洋列強に伍して帝国主義的な膨張をはじめた時期の雰囲気を投射している。明治期には、内村鑑三を中心として、キリスト教（プロテスタント）が知識人に大きな影響を与えた。正宗白鳥は、それを昭和期にマルクス主義が知識人に与えた圧倒的な影響に劣らぬものだったと回顧している。しかし、大正期にはキリスト教はもうそのような力をもっていなかった。それは道徳的であるよりも、美的な対象であった。《「西洋」の僕に呼びかけるのはいつも造形美術の中からである》（芥川龍之介「文芸的な、余りに文芸的な」）。一時期プロテスタンティズムのもとにあった知識人、あるいは西洋近代小説を仰いだ知識人たちは、もうそこから離れていた。それは思想的には「日本文化」の発見であり、文学的には「私小説」の隆盛である。

芥川がこのような日本の文化的風土を半ば肯定していた。キリシタンや明治前期の「開化」に対する彼の視点がエグゾティックであるのは、それらが当初もった深刻な衝撃や脅威がとうに克服されていたからである。だが、同時に、芥川はある「漠とした不安」を感じていたことも確かである。たとえば、彼は最晩年につぎのように書いている。《わたしは彼是十年ばかり前に芸術的にクリスト教を――殊にカトリック教を愛していた。長崎の「日本の聖母の寺」は未だに私の記憶に残つている。（中略）わたしはやつとこの頃になつて四人の伝記作者のわたしたちに伝へたクリストと云ふ人を愛し出した》（「西方の人」一九二七年）。さらにクリストは「ジャアナリストだつた」と書くとき、芥川がそこに、共鳴とともに脅威を感じていたマルクス主義者を見ていたことは疑いない。キリスト教あるいはキリシタンに対する芥川の態度は、時代とともに変わっている。

芥川は「神神の微笑」という短編のなかで、主人公としてイエズス会の宣教師を取り上げている。彼の幻覚のなかに日本の「霊の一人」があらわれ、日本では、外から来たいかなる思想も、たとえば仏教も儒教も造り変えられたと語り、つぎのように警告する。

まあ、御聞きなさい。はるばるこの国へ渡つて来たのは、泥烏須《デウス》ばかりではありません。孔子、孟子、荘子、——その外支那からは哲人たちが、何人もこの国へ渡つて来ました。しかも当時はこの国が、まだ生まれたばかりだつたのです。支那の哲人たちは、道の外にも、呉の国の絹だの秦の国の玉だの、いろいろな物を持つて来ました。いや、さう云ふ宝よりも尊い、霊妙な文字さへ持つて来たのです。が、支那はその為に、我我を征服出来たでせうか？　たとへば文字を御覧なさい。文字は我我を征服する代りに、我我の為に征服されました。私が昔知つてゐた土人に、柿の本の人麻呂と云ふ詩人があります。（中略）しかし私は歌の事より、文字の事を話さなければなりません。人麻呂はあの歌を記す為に、支那の文字を使ひました。が、それは意味の為より、発音の為の文字だつたのです。舟《しゅう》と云ふ文字がはひつた後も、「ふね」は常に「ふね」だつたのです。さもなければ我我の言葉は、支那語になつてゐたかも知れません。これは勿論人麻呂よりも、人麻呂の心を守つてゐた、我我この国の神の力です。

事によると泥烏須自身も、此の国の土人に変るでせう。支那や印度も変つたのです。西洋も変らなければなりません。我我は木木の中にもゐます。浅い水の流れにもゐます。薔薇の花を渡る風にもゐます。寺の壁に残る夕明りにもゐます。何処にでも、又何時でもゐます。御気をつけなさい。御気をつけなさい。……

これは明治から大正にかけて生じたことを暗示している。と同時に、彼の死後に生じたことを予感しているともいえる。それから十年もしないうちに、マルクス主義運動は壊滅し、のちに「近代の超克」として集大成されるような言説が跋扈したからである。「神神の微笑」において、芥川は、「日本の霊」の側に立つと同時に宣教師の側にも立っている。それは、芥川のマルクス主義者に対する両義的な態度に対応すると考えてよい。この時期、芥川が「御気をつけなさい」という相手は、彼の所に出入りしていた中野重治のような若いコミュニスト以外にありえないからである。中野は事実、転向以後、すなわち「村の家」以来、いわば「日本の霊」と取り組み始めたのである。

だが、忘れてならないのは、坂口安吾もまた晩年の芥川が抱いていた問題と取り組んだということである。それは「日本文化私観」として語られ、戦後において天皇制の歴史的解明に及ぶ。しかし、そのきっかけは芥川と同じように、キリシタンの問題にあり、また、マルクス主義者の問題にある。安吾がキリシタンに興味をもちはじめたのは、日中戦争が始まった頃である。それは晩年の芥川が「クリスト」に関心をもったことと或る意味で似ている。もはや布教が禁じられ絶望的となった時期から、続々と「イノチガケ」で日本にやってくる宣教師に関心をもったとき、安吾がそこに同時代のコミュニストの類同物を見出したことはまちがいない。芥川と同様に、そこには両義的な感情がある。以前に引用したように、安吾はつぎのように回想している。《私にとって必要なのは、政治ではなく、先ず自ら自由人たれということであった。／然し、私が政治に就てこう考えたのは、このときが始めてではなく、私にとって政治が問題になったとき、かなり久しい以前から、こう考えていた筈であった。だが、人の心は理論によってのみ動くものではなかった。矛盾撞着。私の共産主義への動揺は、あるいは最も多く主義者の「勇気」ある踏み切りに就てではなかったかと思う。ヒロイズムは青年にとって理智的にも盲目的にも蔑まれつつ、あこがれられるものであった》(「暗い青春」05巻、二一四頁)。つまり、彼は批判的でありながら、それに惹きつけられたのである。逆にいえば、彼は「イノチガケ」の宣教師たちに惹きつけられながら、同時に極めて冷淡なのだ。

とはいえ、安吾がキリシタンに関心をもった理由として、芥川にはなかった経験がある。つまり、彼自身が仏教の僧侶を目指して失望したという経験である。安吾は同世代の学生がマルクス主義に向かった昭和初期に僧侶を志した。しかし、当時の仏教は、のちにマルクス主義からの転向者（たとえば亀井勝一郎）が向かったような「仏教」、つまり美学的な仏教であった。大正期から昭和にかけて、芥川にとってキリスト教（カソリック）が美的な対象であったように、仏教は知識人の間では（和辻哲郎の『古寺巡礼』が典型的であるように）、やはり美的な対象として、あるいは近代思想を越える「無の場所」としてあった。安吾はそれに失望し反発した。彼は仏教に実践的（道徳的）な何かを求めていたからである。

それはむしろマルクス主義に向かった者たちと共通の姿勢である。昭和初期のマルクス主義は、小林秀雄がのちに「私小説論」で回顧したように、その「実践」を追求する力によって、私小説や日本文化といった「約束事」で成り立つ世界を粉砕してしまった。[注]安吾が初期イエズス会の宣教師に好意をもち、また、禅僧たちが論破されてしまったことを当然と見なした理由も、そこにある。ただ、皮肉なことに、その後、転向したマルクス主義者の多くは「禅」や「日本文化」にたどりついたのであり、そのとき、安吾はそれらに対する最もラディカルな批判者としてあらわれたのである。

しかし、「イノチガケ」という作品では、安吾は、別のエッセイでくりかえし書いたような事柄、つまり、思想と実践、あるいは「ヨーロッパ的性格」などの問題についてほとんどふれていない。たんに、宗教的・政治的な背景についてふれただけである。ただ、前編において、安吾は、宣教師が宗教そのものよりも、知識と芸術において信者を惹きつけたことを記している。《信長は教会の音楽を愛したというが、後に切支丹を断圧した秀吉も西洋音楽を愛好して殿中に楽士を招いて奏せしめたということで、一般に切支丹の祭儀の荘厳、リタニヤの音調が人心を惹きつけたことは甚大であった》。《セミナリヨの貴公子達も特に音楽を愛好して、巧に演奏する者もできた。まだ切支丹ではない青年達も神父に就て洋学を習うことを誇とし、血なまぐさい戦乱を経てきたばかりの安土城下は忽ちハイカラ青年の楽園となった》(「イノチガケ」03巻、一七〇頁)。

芥川がエグゾティックなものとして見出したのは、右のような光景である。安吾もそれに興味をもっていたことは否定できない。戦後の『明治開化・安吾捕物帖』が示すように、彼が明治時代に関しても、鹿鳴館に象徴されるような時期に特別な関心をもっていたのである。しかし、「イノチガケ」を書いたころ、安吾が関心をもったのは、そのようなのどやかな時期ではなくて、布教が一切禁じられたのちの時期である。また、彼はおびただしい殉教者たちに対して少しも好意的でない。そのことは、安吾が日中戦争の拡大しつつあった時代の状況において、いかなるオールタナティヴ(選択肢)が可能かを考えていたことを意味している。

［注］　大正期に形成された「私小説」は、日本文壇の「約束事」にすぎない。それはマルクス主義の到来によって圧倒された。小林秀雄は、それを回顧してつぎのように述べた。《思想が各作家の独特な解釈を許さぬ絶対的な相を帯びてゐた時、そして実はこれこそ社会化した思想の本来の姿なのだが、新興文学者等はその斬新な姿に酔はざるを得なかつた》（「私小説論」）。

11　殉教

「イノチガケ」前篇で、安吾は、キリスト教がいかに到来し、いかに広がったかを政治的背景の中で示す。しかし、彼の筆致が違ってくるのは、後篇、すなわち、一六一一年、キリシタンが完全に禁令されたのちである。《ここに切支丹は全く禁令され、これより約三十年、切支丹の最後の一人に至るまで徹底的な探索迫害がくりひらかれ、海外から之に応じて死を覚悟して潜入する神父達の執拗極まる情熱と、之を迎えて殲滅殺戮最後の一滴の血潮まで飽くことを知らぬ情熱と、遊ぶ子供の情熱に似た単調さで、同じ致命をくりかえす》（03巻、一七九頁）。

そして、この作品の凄みはそのあとから出てくる。安吾は、日本に潜入しては殉教する宣教師たちを次のように記述する。先ず、一六一五年に潜入した者たちについて。

アダミは潜入後十九年間潜伏布教。一六三三年長崎で穴つるし。コウロスは潜入後二十年潜伏布教、捜査に追われて田舎小屋で行き倒れ。パセオは一六二六年長崎で火あぶり。ゾラとガスパル定松は肥前肥後に潜伏布教、一六二六年島原で捕われて長崎で火あぶり。シモン・エンポは一六二三年江戸芝で火あぶり。コスタと山本デオニソは中国に潜伏布教、一六三三年周防で捕われて、コスタは長崎で穴つるし、山本は小倉で火あぶり。バルレトは一六二〇年江戸附近で衰弱の極行き倒れた。

（03巻、一七九－一八〇頁）

さらに、次のような記述。

一六一九年。クルスのデエゴ、アンデレのフランシスコ、ビセンテ、ペトロ、バラジヤスの五名潜入。前者四名は一六二二年いづれも火あぶり。バラジヤスは東北地方に潜入、一六三八年、仙台で捕えられて江戸へ送られ、芝で火あぶり。伴天連火刑の最後となった。

（03巻、一八一頁）

この年、十月十七日、京都で五十二名の殉教があった。

これが延々と続くのだ。こうした無味乾燥な書き方は、逆に「遊ぶ子供に似た単調さ」

で潜入・殉教がくりかえされる光景をヴィヴィッドに伝えている。それは浜辺で波の打ち寄せる様を見つづけるのに似ている。そこに、各人の人間的苦悩や逡巡が描かれてはならない。安吾はザビエルら初期の宣教師がもった実践的な道徳性と知性には畏敬の念を隠さない。しかし、予め死ぬことがわかっている時期に続々とやってきた宣教師たちに同情的ではない。たとえば、ザビエルの幻覚を見て日本にやってきたマストリリという神父について、「日本潜入の観念に憑かれた精神病者ではなかったかと疑うことも出来るのである」とさえ書いている。安吾は、のちに、戦争中にこう書いている。《パヂェスの「日本切支丹宗門史」だとか「鮮血遺書」のようなものを読んでいると、切支丹の夥しい殉教に感動せざるを得ないけれども、又、他面に、何か濁ったものを感じ、反撥を覚えずにはいられなくなるのである。》(「文学と国民生活」03巻、四五五頁)。

火あぶりになった信者は、大概は身動きもせず祈りつづけて堂々と死に、その崇高さに見物人から多数の切支丹になる者が絶えなかったといわれる。だが、この「崇高」は、殉教とは異質である。W・H・オーデンによれば、キリスト教においては、殉教はヒロイックであってはならず、その死は「自尊心がすっかりなくなってしまうような、極度の苦悩と肉体的屈辱の死」でなければならない(『第二の世界』)。「神よ、なぜわれを棄てたまうのか」と嘆くイエスの死に方がその範例である。しかし、あえて雄々しく殉教しようとする熱狂は原始キリスト教のころからあり、そのために、殉教が禁じられたといわれる。殉教への熱狂は感性的有限性を越えて永遠の生命を獲得する情熱であるが、実際は、それは「死の欲動」なのだ。それは人を感動させ熱狂させる。しかし、安吾はそれに「反撥を覚えずにいられなくなる」。

彼は幕府がそれに対して考案した処刑法に注目している。《結局二十年目に穴つるしという刑を発明したが、手足を縛して穴の中へ逆さに吊すのだそうで、これにかかると必ず異様滑稽なもがき方をするのがきまりで、一週ぐらい生きているから、見物人もウンザリして引上げてしまう。苦心二十年ようやく切支丹の死の荘厳を封じることが出来、その頃から切支丹がめっきり衰えた》(同右、四五六頁)。本当は、このような死こそ「自尊心がすっかりなくなってしまうような、極度の苦悩と肉体的屈辱の死」であり、殉教の名に値するというべきであろう。だが、実際は人々を感動させていたのは、感性的な痛苦を超える「崇高さ」なのである。穴つるしの刑以後信者が急激にいなくなってしまったのは、死への恐怖からではなくて、滑稽さが「死の欲動」を抑制したからである。

徳川時代、宣教師が潜入して来ては殉教するということがくりかえされたが、一六四三年に潜入した五人の宣教師がその最後となった。しかも、彼らは全員背教し生き延びた。安吾はそれについて何もいわない。「日本切支丹は全滅した」と書くだけだ。彼らの転向はたんに日本の情勢からだけでは説明できない。そのためには、ヨーロッパにおける宗教的・政治的情勢を考えなければならない。安吾は「イノチガケ」の殉教者たちに感動しながら、同時に反発を感じていた。

このように彼等の宗門に殉ずる一念たるや真に感動すべきであるに拘わらず、どうしても純粋に感動できないのは、彼等がもっと大きな世界の事情に認識をもたないことに対する不満などが有るせいにもよるが、又一つには、彼等が外国人の指導によって動いていたということに対する反感も忘れるわけには行かぬ。外国の宣教師それ自身に対しては反感は持てないのだけれども、外国人の指導に服すという日本人の信徒達に対して、どうしても打ち解けきれぬ不満を消すわけに行かぬ。島国根性の狭量と言ってしまえば、そんなものかも知れぬけれども、理知では割りきれぬ本性のひとつで、どうにも仕様がない。

（同右、03巻、四五六頁）

このようにいうとき、安吾は暗黙に日本のマルクス主義運動について考えていたといってよい。昭和初期日本の共産党の方針は、コミンテルン、というよりもソ連の国家的利害に左右され、また日本の天皇をロシアの皇帝と同一視するような情勢分析にもとづいていた。しかし、日本のコミュニストはそのことに気づかなかった。彼らは「もっと大きな世界の事情に認識をもたな」かったのである。たとえば、佐野学・鍋山貞親によるいわゆる転向声明は、むしろそのことを初めて認識したものであって、革命運動を日本の現実の「認識」から始めようという、それ自体はまっとうな考えであった。しかし、彼らはそこからさらに、天皇崇拝のナショナリズムに旋回した。それは「外国人の指導に服す」態度から、その対極への旋回である。それは戦後にも繰り返される。

ついでにいえば、遠藤周作が小説『沈黙』で扱ったのは、この時期に背教した宣教者である。遠藤はここで、宣教の国際政治的背景を捨象し、さらに極めて異例な宣教者の背教というケースを一般化している。安吾が書いた時期と違って十分な史料があるにもかかわらず、遠藤は、それまで背教者が出なかったのはなぜか、またこれ以後潜入する宣教師がいなくなったのはなぜかを問わない。結果として、彼はこの事件を非歴史化し、近代的な内面性の劇に変形している。

この時期のカソリック諸派の宣教は、スペイン・ポルトガルといった絶対主義国家の植民地主義と分離できない。また、それがオランダやイギリスと対立したのもたんに宗教の問題ではなく、政治・経済的覇権の問題であった。一方、信長や秀吉が宣教師を優遇したり禁止したりしたことも、日本の情勢と分離できない。彼らがイエズス会宣教師に好意的だったのは、同じ民衆的基盤をもちもっと脅威であった一向一揆に対抗するためであり、また貿易を目指していたからだ。それらは一六世紀以後の「近代世界システム」（ウォーラーステイン）の中で起こったのである。一七世紀に宣教師の派遣が終ったのは、宗教だけの問題ではない。イギリスの覇権が確立し、スペインなどが完全に没落したからである。

安吾はそれ以後の宣教師に興味をもたなかった。なぜなら、転向しようとしまいと、この時期になされた「イノチガケ」の布教は現実的に無意味であると考えていたからだ。しかし、最後に一七〇八年に来日したシドッチは、違っている。彼は潜伏して布教を目指すとか、あえて殉教するとかではなく、キリスト教禁令を撤回させるべく幕府と交渉しようとしてやってきたのである。その意味で、彼は宣教師というよりも政治家である。実際、彼は傑出した知性によって新井白石を驚嘆させた。それまでの宣教者らに「遊ぶ子供に似た単調さ」しか認めない安吾は、シドッチの中に、ザビエルら初期の宣教者にあった「実践」の力を見出す。それは死を賭した知性の力以外ではない。シドッチ（シローテ）は切支丹屋敷に五年幽閉されたが、その間に彼の下男であった夫婦が改宗したことが露見する。

絶東の国へ大志を立てて潜入、その情熱のすべてのものを傾けつくして告げ訴えて尚かつその志を達することの出来なかったシローテだったが、幽閉五年、けなげな信者を得たのであった。

役人は直ちに彼等を引離して別々に監禁し、シローテは禁令の宗門をさづけた罪によって改めて牢内に禁獄せられることとなったが、ここに至ってその真情やぶれ露れて(白石の言葉)大音をあげてののしり呼ばわり、長助夫妻の名をよびつづけ、たとえ死すともその教を棄てることがあってはならぬと日夜を分かたず叫びつづけていたという。

(「イノチガケ」03巻、二一八頁)


新井白石にとって、あれほどに沈着且つ明晰なシドッチがこのように狂乱するのは不可思議であったから、彼が隠していた「真情」が露呈したと考えた。しかし、シドッチの知と信、合理性と非合理性は分離できない。安吾は無意味な「イノチガケ」を斥ける。しかし、知性はそれが真に知性であるならば、「イノチガケ」の決意が不可欠であることを彼は認める。安吾は最後のシドッチに、彼の好む言葉でいえば、人間の「切なさ」を見ているといってよい。

12　穴吊し

「イノチガケ」に関して付記しておきたいことがある。それは「穴吊《つる》し」という処刑法のことである。安吾は後に幾度もこれに言及しているから、よほど印象深かったに違いない。彼はこの刑を考え出した幕府側の役人に感心しているが、その場合、彼は別に幕府＝日本の側に立って考えていたのではない。そうした立場を離れて、安吾は、殉教が与える効果を無化させてしまうこの装置の考案者に、人間心理への洞察を見出している。それは他人事ではなかった。安吾は、殉教を予期して次々とやってくる宣教師と、それを根絶しようとする幕府との争いに、彼自身がたどった精神的過程を見出したのである。

すでに述べたように、荘厳な殉教は「死の欲動」を掻きたてる。拷問の苦痛や死の恐怖はそれを抑えることができないだけでなく、いっそうそれを崇高＝快たらしめる。だが、それを不可能にしたのが、穴吊しの拷問である。なぜなら、それは本人にとって苦痛であっても、他人には滑稽にしか見えないからだ。だが、そうだとすれば、安吾自身が苦しんで懸命にやってきたことは、穴吊しの拷問と似たようなものではないか。つまり、他人には滑稽にしかみえないものではないか。安吾がそれまで自分のやってきたことをそのように見るにいたったことが、彼の文学の出発点であった。

安吾は最初に鬱病を脱したあと、「ファルスの文学」を唱えた。以後、彼は狭義のファルスを書き続けたわけではない。しかし、ある意味で、彼のすべての仕事がファルスであったといえる。ファルスとはいわば、自らを穴吊しにかけることによって、生を肯定することだ。安吾は「生きよ」という言葉をくりかえす。しかし、いつも死のそばにいた。たとえば、東京に空襲が始まって人々が疎開し始めたときも、彼はそこに残った。それは別にヒロイックな行為ではない。一方で逃げ回り生き延びることを考えていたからだ。戦争を見届けようという意志があったのでもない。彼は自らを「穴吊し」の刑に処したのだ、といってもよい。もちろん、生きるために、である。

安吾が戦後に書いた文の中で最もファルス的なものは、「二合五勺に関する愛国的考察」であろう。これは、幕末から明治初期にかけて起こったキリシタン迫害事件をもとにしている。幕末に欧米人のための教会が許され、長崎に天主堂が作られたとき、大勢の隠れキリシタンが地下から姿をあらわした。しかし、彼らは先ず幕府によって検挙され、つぎに明治政府によって流罪となった。「浦上四番崩れ」と呼ばれる事件である。彼らは投獄され拷問を受けたが、容易に転向しない。それは徳川幕府が倒れたあとの明治政府の下でも同様であった。ところが、意外なことが起こった。《肉体に加えられる残虐痛苦に対してますます信念をかためるごとき彼らが、たわいもなく何百人、一時に棄教を申してるといふおもわぬことが起って、役人をまごつかせたのである》。彼らが棄教したのは、一日一人米三合という食事のため空腹に耐えかねたからだ、と安吾はいう。ところが、第二次大戦中、日本人は平均してそれ以下の食事に甘んじていたのである。

三合の空腹に神を売った何百人かも、もし食物に困らなければ、拷問に死んで殉教者となったかも知れぬ。しかし、われわれが、現に二合一勺のそのまた欠配つづきでも祖国をうらぎっておらぬことだけはまちがいがない。つまりわれわれは過去の歴史が物語るもっとも異常、壮烈な殉教者よりも、さらにはなはだしく、異常にして壮烈な歴史的人間であった。

しかしわれわれはその異常さも壮烈さも気づきはしない。(中略)

しかし、われわれが日本カイビャク以来の異常児であり、壮烈児であることはまちがいがない。

(「二合五勺に関する愛国的考察」04巻、五〇七-五〇八頁)

どんな拷問にも耐え抜いて殉教するようなキリシタンが、一日三合の米で空腹のあまり背教する。いったい、彼らが異常なのか、それとも一日二合足らずでも我慢する戦中戦後の日本人が「カイビャク以来の異常児」なのか。これは一つには、どんな状態になろうと抗議の声一つあげない日本人への辛辣な批判である。

しかし、この「浦上四番崩れ」と呼ばれる弾圧で生じた背教のケースを、安吾の観点から見るとき、私は苦笑せずにいられない。のちに安吾は、長崎に出かけ当地の名物料理ちゃんぽんを考察して、この地が豊かで人々が大食漢であったことを指摘しているけれども（「安吾の新日本地理」）、それが原因だとは思えない。もし彼らがまったく食べ物を与えられなかったとしたら、それに耐えただろう。すなわち、餓死＝殉教しただろう。しかし、彼らは、或る程度食事を与えられたがゆえに日々空腹を覚えるつらさ、つまり、殉教の荘厳を無化する滑稽なつらさを予期しなかったのだ。幕府の役人が意図しなかったにもかかわらず、それは「穴吊し」と同じ効果を与えたといってよい。

安吾は戦後に「堕ちきるまで堕ちよ」といった。これは、ある意味で、敗戦後に人々が現実に強いられた様々な転落を肯定し激励するものである。たとえば、安吾はいう。《なぜ犯罪者をヨビステにしなければならぬか。犯罪は憎むべきである。然し、罪を犯さぬ人間がおるか。隣組座もパンパン座も神の座席に於ては同じ罪人ではないのか。ヤミの米を食うことも罪ではないか》(「現代の詐術」06巻、二二三頁)。これはつぎのような言葉を想起させる。《善人なおもて往生をとぐ。いわんや悪人をや》(『歎異抄』)。あるいは《汝らの中、罪なき者まづ石を擲て》(『ヨハネによる福音書』)。

これは、悪人と善人、罪ある者と罪なき者との区別を相対化してしまう認識である。だが、この認識がしばしば、罪ある者を正当化する理屈として使われることに留意すべきである。特に戦後では、それは誰にも責任がないという理屈として使われた。それに対して、安吾は右のように述べた後、ただちにこう付け加えた。《万人がヤミの米を食う、そうしなければ生きられない、そうしなければ生きられないなら罪を犯してもいいか、それは罪ではないのか》。人が罪を犯さずして生きていけないという認識は、一見して深遠である。しかし、それは何かをしたりしなかったりする選択を無意味にするものではない。安吾は小説の中で女主人公につぎのように語らせている。

しかし、人生というものは概してそんなふうに行きあたりバッタリなものなのだろう。好きな人に会うことも会わないことも偶然なんだし、ただ私には、この一つのもの、絶対という考えがないのだから、だから男の愛情では不安はないが、母の場合がつらいのだ。私は「一番」よいとか、好きだとか、この一つ、ということが嫌いだ。なんでも五十歩百歩で、五十歩と百歩は大変な違いなんだと私は思う。大変でもないかも知れぬが、ともかく五十歩だけ違う。そして、その違いとか差というものが私にはつまり絶対というものに思われる。私は、だから選ぶだけだ。

（「青鬼の褌を洗う女」05巻、四七一頁）

「絶対」というものはない。すべてが相対的（五十歩百歩）である。そのような言葉がラディカルに響く一瞬がある。たとえば、五十歩逃げた者が百歩逃げた者を嘲笑し糾弾するという光景がつねにあった。戦後の「戦争責任論」はそのようなものである。安吾は戦争責任について直接には論じなかった。それらがたんなる糾弾に終始したからである。そのとき、五十歩百歩というような相対化は、ラディカルに聞こえる。が、それ自体がまもなく、自己絶対化に転化することに注意しなければならない。重要なのはむしろ、五十歩と百歩には少なくとも五十歩の差異があるということだ。「絶対」なのは、そのことだ。そして、それが安吾の「ファルス」的認識であり、倫理である。

13 もう一つの近代の超克

一九四二年、日米開戦まもなく、雑誌「文学界」で「近代の超克」と題する座談会が行われた。この「近代の超克」という言い方はその時以後風靡したのだが、事実上、一九三五年頃からそれに近いことが言われていたのである。それは日本独自のものではない。イタリアのファシズムもドイツのナチズムも、ロシアの共産主義に対抗する「対抗革命」counter revolutionであった。すなわち、それは資本主義、自由主義、あるいは近代を越える「革命」であると考えられた。ハイデガーがいう「存在忘却」や「本来性」は、その文脈で理解されねばならない。実際、彼はナチズムに革命を見いだしたからこそ積極的に荷担したのである。日本の京都学派も同様である。しかし、日本の場合、近代の超克はインドのヴェーダーンタ哲学の不二一元論（——であるのでもない、——でないのでもない）の論理に帰着するといってよい。たとえば、三木清は「協同主義の哲学」として、資本主義でもなく社会主義でもない、個人主義（自由主義）的でもなく集団主義（全体主義）的でもない何かを主張している。それによって、あらゆる二元的な対立がディコンストラクトされる。

一見すると、もっともらしいが、それは国家独占資本主義とブロック経済（大東亜共栄圏）という現実の「解釈」を変えただけなのだ。しかし、ファシズムが「近代の超克」を唱えているとき、マルクス主義者はどうしただろうか。彼らのほとんどは転向していた。そして、マルクス主義は基本的に「近代的世界観」を越えていないという考えのもとに否定されていた。しかし、きわめて少数ではあるが、マルクス主義者の中には独自のやり方で「近代の超克」を志向する者がいた。というのも、マルクスこそそのことを徹底的に考えた人間であったのだから。

マルクス主義運動が壊滅した後にマルクス的たらんとした者がとった一つの立場は、中世や古代ではなく、近代でありながら同時に近代的な知の閉域に閉じられてもいない「ルネッサンス」にもう一つの「近代の超克」の可能性を見出すことであった。たとえば、福本和夫は獄中で日本ルネッサンスについて研究し、また花田清輝や羽仁五郎、渡辺一夫のような人たちはヨーロッパのルネッサンスについて書いていた。それは、しかし、特に日本に限定されるものではない。たとえば、イタリアの獄中でグラムシがマキャベリに即して『新君主論』を書き、ソ連ではスターリニズムの抑圧の下にバフチンがラブレーについて書いた。相互的な連絡がまったくなかったにもかかわらず、彼らが共通したことをやっているのは、彼らがマルクスを（スターリニズムから離れて）読んでいたからである。

しかし、安吾が一五、六世紀の日本に一種のルネッサンスを見ていたことは、彼らと関係がなかった。まったく無関係ではない。たとえば、安吾は戦争中参加していた「現代文学」を通して、花田清輝という書き手に注目していた（「花田清輝論」）。おそらく安吾は花田がマルクス主義者であることに気づかなかったであろう。しかし、戦後にそのことを知っても意見を変えていない。安吾はマルクス主義者でなかったにもかかわらず、他の誰よりもマルクス主義者花田清輝に近いところにいたのである。安吾は、独自の経路を通って、日本の「ルネッサンス的人間」を見いだした。だが、さしあたって、それがキリシタンの殉教への関心からだったことに注意する必要がある。

したがって、安吾が戦争中に書いたことをたんなる「近代主義」と混同してはならない。彼はいう。《信長はその精神に於て内容に於てまさしく近代の鼻祖であったが、直弟子秀吉を経、家康の代に至って近代は終りを告げてしまったのである》（「鉄砲」03巻、四九九頁）。しかし、ここで彼がいう「近代」は「ルネッサンス」的なものである。いいかえれば、それは近代的であると同時に、いわゆる近代への批判をふくむのである。

安吾が一七世紀日本史に関して参照したのは、イエズス会宣教師ルイス・フロイス

Louis Frois（一五三二－九七年）の報告である。彼は、『日本史』のほか同時代の日本についてさまざま報告を書き残している。その中に、『日欧文化比較』（一五八五年）という興味深い記述がある。フロイスはつぎのようにいう。

《ヨーロッパでは未婚の女性の最高の栄誉と貴さは、貞操であり、またその純潔が犯されない貞潔さである。日本の女性は処女の純潔を少しも重んじない。それを欠いても、名誉も失わなければ、結婚もできる》

《ヨーロッパでは財産は夫婦の間で共有である。日本では各人が自分の分を所有している。時には妻が夫に高利で貸し付ける》

《ヨーロッパでは、妻を離別することは、罪悪である上に、最大の不名誉である。日本では意のままに幾人でも離別する。妻はそのことによって、名誉も失わないし、また結婚もできる》

《汚れた天性に従って、夫が妻を離別するのが普通である。日本では、しばしば妻が夫を離別する》

《ヨーロッパでは娘や処女を閉じ込めておくことはきわめて大事なことで、厳格におこなわれる。日本では娘たちは両親にことわりもしないで一日でも幾日でも、ひとり

で好きな所へ出かける》
《ヨーロッパでは妻は夫の許可が無くては、家から外へ出ない。日本の女性は、夫に知らせず、好きな所に行く自由をもっている》
《われわれの間では女性が文字を書くことはあまり普及していない。日本の高貴の女性は、それを知らなければ価値が下がると考えている》
《ヨーロッパでは普通女性が食事を作る。日本では男性がそれを作る》
《ヨーロッパでは女性が葡萄酒を飲むことは礼を失するものと考えられている。日本ではそれはごく普通のことで、祭の時にはしばしば酔払うまで飲む》
(『ヨーロッパ文化と日本文化』岡田章雄訳、岩波文庫、三九－五七頁より抜粋)

フロイスは宣教師としてさまざまな階層の人々に出会ったはずだから、ここに記されている「日本」の女性は特定の階級のものではない。しかし、この「ヨーロッパ」が歴史的な一状態であるように、この「日本」もそうである。このような「日本」は、一七世紀の徳川体制以後の日本人がまったく忘れてしまったものである。たとえば、二〇世紀初頭に始まった日本のフェミニスト運動は、女性優位の時代を国学者と同様に古代の母系制の時代に求め、その結果、一九三〇年代に天皇制イデオロギーに陥った。平塚雷鳥のマニフェスト「原始女性は太陽だった」は天照神を意味するから、もともとその可能性をはらんでいたのである。彼女らが、もし右のような歴史を知っていたら、そんな罠に陥らずにすんだであろう。

フロイスの観察からいえることは、近代日本において「伝統的」と見なされるものが、一七世紀徳川体制以後に、さらに近代において構成されたものでしかないということである。「近代の超克」をいう人たちは、はるか中世や古代を「想像」する。しかし、近代を越えるものはむしろ広義の近代に存在したのである。一七世紀以後の「良識」から見れば、右のような男女関係は「堕落」の極みである。安吾が「堕ちきるまで堕ちよ」というとき、そしてそこからの「新しいモラル」を提唱するとき、かつて一度も存在しなかったものを夢想していたのではない。

一六世紀の時代は、近代的なのか、前近代的なのか。そのどちらでもあり、そのどちらでもない。この時代は一般に「近世」と呼ばれるが、その特質を示すために私はそれを「ルネッサンス的」と呼ぶことにする。私の定義では、「ルネッサンス」は中世的な世界の解体から生じた「転形期」(花田清輝)の諸特質を意味する。それは必ずしも南方的なヒューマニズムに限定されるのではない。北方的なドイツ的な宗教改革もそこにふくまれる。したがって、日本の一六世紀をヨーロッパの「ルネッサンス」になぞらえるのは見当違いではない。日本の社会は一五世紀後半から中世的な秩序が解体され、新たな民衆文化、宗教改革（一向一揆）が急激にとって替わろうとしていたのである。ドイツではルターの宗教改革とともに農民戦争がはじまり、また、日本にやってきたイエズス会の宣教師ザビエルは、カソリックの中でプロテスタントに対抗する宗教改革を企てた人なのだ。

しかも、これらはたんなるアナロジーではない。実際の所、いずれもコロンブス以後の世界交通と切り離せないのである。日本内部の社会的変化は、十六世紀以後の「近代世界システム」（ウォーラーステイン）とともにあったのだ。鉄砲という軍事力と国際貿易による経済力によって中世的な秩序を全面的に解体しようとした信長は、ほとんどヨーロッパの絶対主義的な国王と平行しているだけでなく、そのこと自体ヨーロッパとの関係において進行した。そして、そのような政治的過程に対応していたのが、旧来の生産関係と上部構造の全面的な再編成の過程であり、それが「下克上」と呼ばれたのである。だが、その可能性はそこから出てきた豊臣秀吉自身によって閉じられ、徳川家康の体制によって完全に圧殺された。徳川時代に形成された「日本文化」には、このような近過去がまったく忘却されたのである。たとえば、九鬼周造は、こともあろうに、抑圧と頽廃の極みにおいて洗練された「いきの構造」に近代の超克を見ようとした。安吾が最も敵対したのは、一九三五年前後の「文芸復興期」――その名称に反してこれほど「ルネッサンス」と対照的なものはない──の文学者（永井荷風や川端康成に代表される）である。
「近代の超克」を唱えた人たちは、主観と客観、精神と身体の二元論を越えようとした。たとえば、西田幾多郎は明治末の『善の研究』において、それを主観と客観がそこから派生するような「純粋経験」に求めようとした。これが不二一元論の一種であることはいうまでもない。西田はそれを禅の体験から得た。おそらく若い安吾もそれを目指したはずである。しかし、「ファルス」の宣言とともに安吾が見いだしたのは、それが前近代的および近代的な制度のもとで、その抑圧と矛盾を精神的に解消しようとする空しい努力にすぎないということである。次のような漱石への批判は痛烈である。

夏目漱石という人は、彼のあらゆる知と理を傾けて、こういう家庭の陰鬱さを合理化しようと不思議な努力をした人で、そして彼はただ一つ、その本来の不合理を疑ることを忘れていた。つまり彼は人間を忘れていたのである。かゆい所に手がとどくとは漱石の知と理のことで、よくもまアこんなことまで一々気がつくものだと思うばかり、家庭の封建的習性というもののあらゆる枝葉末節のつながりへ万べんなく思惟がのびて行く。だが習性の中にも在る筈の肉体などは一顧も与えられておらず、何よりも、本来の人間の自由な本姿が不問に附されているのである。人間本来の欲求などは始めから彼の文学の問題ではなかった。(中略) より良く生きぬくために現実の習性的道徳からふみ外れる方が遙かに誠実なものであるのに、彼は自殺という不誠実なものを誠意あるものと思い、離婚という誠意ある行為を不誠実と思い、このナンセンスな錯覚を全然疑ることがなかった。そして悩んで禅の門を叩く。別に悟りらしいものもないので、そんなら仕方がないと諦める。物それ自体の実質に就てギリギリのところまで突きとめはせず、宗教の方へでかけて、そっちに悟りがないというので、物それ自体の方も諦めるのである。こういう馬鹿げたことが悩む人間の誠実な態度だと考えて疑ることがないのである。

(「デカダン文学論」04巻、二二五-二二六頁)

フロイスの観察した一六世紀日本の男女と比べてみると、確かに、こうした漱石の姿は「ナンセンスな錯覚」であるとしか思えない。[注] しかし、それはたんに封建的習性であるだけでなく、また近代的習性である。安吾がかくも激烈に漱石を否定するのは、彼自身かつて西田や漱石と似たような努力をしたからだし、また彼が「ルネッサンス」を発見したのはその後でしかない。要するに、安吾が一六世紀の日本の研究に求めたのは、当時流行の「近代の超克」とは違った、もう一つの「近代の超克」の可能性にほかならなかった。

［注］

漱石はたとえば『道草』で、夫婦の不和が妻のヒステリーの発作によって解消されることをつぎのように書いている。《幸にして自然は緩和剤としての歇斯的里《ヒステリ》を細君に与へた。発作は都合好く二人の関係が緊張した間際に起つた》。フロイトをよく読んでいた安吾から見れば、漱石のいう「自然」がまったく倒錯的なものであることは明白である。しかし、安吾は、初期の漱石が「近代文学」が確立する以前の文学、つまり、スウィフトやスターンに共鳴し、『吾輩は猫である』のようなサタイヤをはじめ多ジャンルの作品を書こうとしたこと、いいかえれば「ルネッサンス」的可能性をもっていたことを見落としている。

14　歴史家としての安吾

安吾は戦前、日本史に関して画期的な視点を幾つかもたらした。歴史学者はそのことに気づかないままであったが。一つは、一六世紀の歴史に関する見方である。安吾はフロイスら宣教師たちが残したラテン語の史料を読んだが、日本には、近年までそんなことができる歴史学者がいなかった。安吾は、キリシタン研究の過程で、逆に日本史についてかつてない認識をえたのである。

ニッポン人にとっては、毎時でも、もっと一般的な、嘘があってもかまわぬから一般的でさえあればいいというような調子がお得意なのでありまして、相も変らず、ハッタとにらんだとか、烈火のごとく憤ったとかいう云い方、そういう方式、どうにでもなるというような一般的な観察で片づけてしまおうとする考え方、従ってそのような手記、記録がぞくぞくと現れているのであります。むしろ、それればかりであります。

このような観察の仕方にくらべますと、ヨーロッパ人たちの物事の見方というものは、個々の事物にしかない、それぞれのその物事自体にしかあり得ないところの個性というものを、ありのままに眺めて、それをリアルに書いておりますので、それだけに非常に資料価値が高いのであります。そのリアリティというものは尊敬すべきであります。

（「ヨーロッパ的性格　ニッポン的性格」07巻、九七頁）

日本の歴史を知るために、史料として外国の宣教師が残した記録しか当てにならないということを安吾は発見した。宣教師たちは布教のためには、一見して無縁であろうと、あらゆる事態を正確に掌握しなければならないと考えていた。彼らは日本語の辞書を作り文法まで考えた。それは後期の「殉教」への欲動とは異質である。「知は力なり」、すなわち自然を知ることによってしか自然を支配できない、というベーコンの考えはベーコン以前からあったし、むしろそれが近代科学をもたらしたのである。しかし、これは必ずしも「ヨーロッパ的性格」というべきものではない。やはり歴史的に「ルネッサンス的性格」と呼ぶべきものだ。その萌芽は日本にもあったのだが、徳川時代に、歴史を皇室あるいは武家の「正統性」において見る朱子学的な視点によって抑圧されてしまった。一五世紀以来の「下克上」の時代ほど、彼らにとっておぞましいものはなかった。だからまた、この時代への注目ほど、連続的な同一的実体という虚構を壊すものはなかった。安吾はそのきっかけを、まさに外国人が書いた史料に見いだしたのである。

くりかえすが、安吾の日本史研究の発端はキリシタン研究にある。これは通常の歴史家あるいは歴史小説家とは逆である。彼らは日本史を研究しその一端としてキリシタンを扱うだけで、キリシタンそのものに関心をもっていない。このことは、「日本」というものが自律的な実体としてあり、外的な関係は二次的であるという考えにもとづいている。そのような考えに異議を唱えたのが安吾である。一六世紀日本をキリシタンが記録した史料から考え始めたとき、安吾は「日本」を、外から、いいかえれば、一六世紀以後の「近代世界システム」において見たのである。ヨーロッパの宣教師はたんに宣教のために日本に来たのではない。教会による宣教と、国家による植民地主義的な侵略とは切り離せない。すなわち、それは一六世紀の歴史的状況と切り離せないのである。

たとえば、一六世紀に豊臣秀吉が明の征服を企て、その第一歩として朝鮮半島に侵攻したことは、彼の気まぐれ、誇大妄想のせいだと考えられている。もちろん、そのような面がないわけではない。しかし、秀吉の活動は、たんに日本の状況だけでは理解できないだろう。一六世紀において、日本は戦国時代にあると同時に、世界市場と国際政治のただ中にあった。織田信長や豊臣秀吉は、西洋から得た鉄砲や大砲を活用して、全国を統一したのである。織豊政権は、同時期のヨーロッパの絶対主義王権と類似するものであり、彼らはそのことを、宣教師らを通して十分に承知していた。したがって、秀吉が全国を統一したあと、明の征服を目指したことは、唐突かつクレージーに見えるとしても、まったく無根拠なのではない。

秀吉のあとに登場した徳川家康は、いわば、秀吉が起こした戦争の〝戦後処理〟を行った。国内では、諸大名の武装を禁止し、国際的には、朝鮮との友好関係を築き、西洋との交通を制限した。すなわち、家康は「近代世界システム」から全面的に背を向けたのである。しかし、徳川日本がどうしようと、その外で、近代資本主義世界は存続し発展していたのであり、一九世紀後半にいたって、日本も朝鮮もその中に置かれていることを見いだしたのである。そして、いち早く国民国家を形成した日本が自ら帝国主義国家として朝鮮半島・中国大陸に向かったのだが、それが一六世紀の反復であることは世界史的には明白である。

さらに、近世以前の日本史にかんしても、安吾が画期的な視点をもったといえるのは、朝鮮半島に注目したことである。彼は、古代日本を東アジアという「世界」、特に朝鮮半島との関係において見ようとしたのだ。たとえば、次のように書いている。

国史以前に、コクリ、クダラ、シラギ等の三韓や大陸南洋方面から絶え間なく氏族的な移動が行われ、すでに奥州の辺土や伊豆七島に至るまで土着を見、まだ日本という国名も統一もない時だから、何国人でもなくただの部落民もしくは氏族として多くの種族が入りまじって生存していたろうと思う。そのうちに彼らの中から有力な豪族が現れたり、海外から有力な氏族の来着があったりして、次第に中央政権が争わるるに至ったと思うが、特に目と鼻の三韓からの移住土着者が豪族を代表する主要なものであったに相違なく、彼らはコクリ、クダラ、シラギ等の母国と結んだり、または母国の政争の影響をうけて日本に政変があったりしたこともあったであろう。

（道鏡童子「安吾史譚」12巻、三一二―三一三頁）

こうした視点は、今日においてはありふれているが、かつてはまったくなかった。安吾の意見は、キム・ダルス（金達寿）が安吾にもとづいて『日本の中の朝鮮文化』を書いたのを例外として無視された。ただ、安吾の画期性は、たんに朝鮮半島を考慮したということではなく、それと日本列島との関係をかつてない観点から見たことにある。古代日本史は通常、朝鮮半島―北九州―近畿という、「西」からのルートにもとづいて考えられるが、安吾はそれを、日本海を通した「北」からのルートからも見たのである。

たとえば、網野善彦は日本の歴史を「読み直す」ために、それまで無視されてきた山民や海民を視野に入れた。そのとき、彼はまた日本海からのルートを視野に入れたのである(『日本の歴史をよみなおす』ちくま学芸文庫、二八六頁)。だが、実は、それを最初におこなったのが、安吾であった。おそらく、それは、彼が新潟の港湾部に育ったことから来ているといってよい。私は6章「ふるさと」で、安吾のつぎの文を引用した。《私は今日も尚、何よりも海が好きだ。単調な砂浜が好きだ。海岸にねころんで海と空を見ていると、私は一日ねころんでいても、何か心がみたされている。それは少年の頃否応なく心に植えつけられた私の心であり、ふるさとの情であったから》(「石の思い」04巻、二六四頁)。しかし、安吾が毎日海岸で見たのは、砂浜、海と空だけではない。彼がそこで、日本海の向こうにある大陸について考えたことは疑いない。

15　歴史の探偵＝精神分析

安吾は戦争中、他にすることがなかったので、「現代文学」の同人たちと推理小説を読み耽ったと書いている。彼は、推理小説は純粋に知的パズルでなければならないといい、自身多くの推理小説を書いた。しかし、安吾においては、ポーにおいてそうであったように、推理小説は一つの哲学であった。彼が狭義の推理小説について過剰に語るとき、かえってそのことが忘れられる。

私の「推理」では、安吾自身が一つの事実を隠している。それは日本書紀・古事記の「解釈」において精神分析を応用していることである。安吾が、記紀は史実を隠すために偽装された書であると主張したとき、或る人が安吾に手紙を書いて、「貴公は記紀の作者が史実を隠すために偽装した史書が記紀だと云うが、文化の低い古代人がそんな複雑なカラクリを巧妙になしうるとは思われない」と反駁した（「歴史探偵方法論」12巻、二一二頁）。この反撥は、フロイトが幼児の性欲について書いたとき巻き起こった社会的反撥と似ている。あの汚れなき幼子らに大人と同じ性欲などあるはずがない、と。しかし、われわれは、子供は小さな大人なのだと、また「無意識は言語のように構造化されている」（ラカン）と考えなければならない。

安吾の考えでは、記紀は次の目的で編纂されている。《だいたい日本神話と上代の天皇紀は、仏教の渡来まで、否、天智天皇までは古代説話とでも云うべく、その系譜の作者側に有利のように諸国の伝説や各地の土豪の歴史系譜などをとりいれて自家の一族化したものだ。だから全国の豪族はみんな神々となって天皇家やその祖神の一族親類帰投者功臣となっている》（飛驒・高山の抹殺「安吾の新日本地理」11巻、二三〇頁）。しかし、各地の豪族や郷土史が収録されているのに、飛驒に関してはほとんど記述がない。

ところがヒダに至っては古代史上に重大な記事が一ツもない。だから古代史や神話と表向きツジツマの合うところは一ツもないのです。そのくせ、古代史家がヒダの史実を巧妙に隠そうとして隠し得なかったシッポらしきものを発見しうるし、その隠された何かをめぐってヒダとスワに特別なそして重大な関心が払われ、その結果として古代史上にヒダに関する重大な記事が一ツもない、そういう結果が現れたのではないかと疑うことができるのです。それは恐らくヒダの史実があまり重大のせいではないためでしょうか。

これは推理小説の手法だといえるだろうが、むしろ精神分析において最もありふれた考え方である。たとえば、患者が分析医の指摘した事柄に抵抗し、ムキになって否定するとき、まさにそれが真実だということを告げているのだ、とフロイトは言っている。たとえば、安吾は次のように記紀を読んでいる。

（同右、二三一頁）

ここで注意すべきは、古事記の景行天皇紀というものは大碓小碓双生児のみならず、主要な登場人物が必ず二人、分身的な兄弟姉妹であることで、日本武尊の退治た熊襲も兄弟、大碓命の愛した娘も姉妹である。そして、日本神話には、兄弟、姉妹、二組ずつの話は甚しく多いが、特にこの類型の甚しいのは神武天皇紀に見られるのであります。

このように主役がそろって相似の二人であることは二人合せて一人であることを意味する場合もあるだろうと思います。もっともフィクションの作法から云うと、分身の一ツが真実を解く暗示であって、暗示の役割の方は端役的で目立たない。他の一方の、つまり暗示のカギで解かれる人物の方は表向きの主役であるが、これは真実が歪めてあって、その分身の暗示することをカギとして解明しうるものが真相であるらしい。

（同、二三八頁）

これは明らかに、フロイトが『夢判断』で書いたように、置換や圧縮という「夢の仕事」と同じである。記紀の編纂者たちは、夢の検閲官のように、或る事柄を隠すためにさまざまな偽装を試みたという、安吾の確信は、したがって、推理小説というよりも精神分析から来たというべきである。しかし、すでに述べたように、それらは安吾にとって同じ意味をもっている。実際、一九世紀における探偵小説の発展と精神分析の発展には並行性がある。たとえば、「シャーロック・ホームズ」が活動した時期はフロイトが精神分析を開始した時期である（ホームズがウィーンでフロイトの治療を受けるという筋書きの映画もある）。また、ちょうど安吾が死んだころだが、ジャック・ラカンがセミナーで、ポーの「盗まれた手紙」をもとにして、精神分析を再構築しようとしたことがある。要するに、安吾は「歴史探偵」と称して、いわば「日本精神分析」を企てたのである。しかし、それは或る歴史的な「密室犯罪」に直面することによってのみもたらされた。

安吾の「分析」への動機は、戦争期に猖獗を極め、戦後においても存続した或る歴史的な「カラクリ」を明らかにすることにある。それはいうまでもなく天皇制である。安吾は天皇制が存続してきた理由をつぎのように説明している。

いまだに代議士諸公は天皇制について皇室の尊厳などと馬鹿げきったことを言い、大騒ぎをしている。天皇制というものは日本歴史を貫く一つの制度ではあったけれども、天皇の尊厳というものは常に利用者の道具にすぎず、真に実在したためしはなかった。

藤原氏や将軍家にとって何がために天皇制が必要であったか。何が故に彼等自身が最高の主権を握らなかったか。それは彼等が自ら主権を握るよりも、天皇制が都合がよかったからで、彼らは自分自身が天下に号令するよりも、天皇に号令させ、自分がまっさきにその号令に服従してみせることによって号令が更によく行きわたることを心得ていた。

（中略）

それは遠い歴史の藤原氏や武家のみの物語ではないのだ。見給え。この戦争がそうではないか。

（「続堕落論」04巻、二七二－二七三頁）

しかし、戦後にこのようにいうことはさほど新鮮ではない。また、天皇を糾弾することも新鮮ではない。むしろ注目すべきことは、安吾が天皇制を、天皇、天皇を利用する権力、それに従う民衆との相互依存関係において見たことである。たとえば、瀕死の傷を負った被害者が、加害者が部屋から逃げ出た後に、自ら内鍵をかけ、死んでしまうとしよう。それは「密室犯罪」を構成するように見える（もっとも、明敏な探偵であれば、血痕や死体の位置の不自然さから、密室犯罪の謎を見破るだろう）。

藤原氏の昔から、最も天皇を冒瀆する者が最も天皇を崇拝していた。彼等は真に骨の髄から盲目的に崇拝し、同時に天皇をもてあそび、我が身の便利の道具とし、冒瀆の限りをつくしていた。現代に至るまで、そして、現在も尚、代議士諸公は天皇の尊厳を云々し、国民は又、概ねそれを支持している。

昨年八月十五日、天皇の名によって終戦となり、天皇によって救われたと人々は言うけれども、日本歴史の証するところを見れば、常に天皇とはかかる非常の処理に対して日本歴史のあみだした独創的な作品であり方策であり、奥の手であり、軍部はこの奥の手を本能的に知っており、我々国民又この奥の手を本能的に待ちかまえており、かくて軍部日本人合作の大詰の一幕が八月十五日となった。

たえがたきを忍び、忍びがたきを忍んで、朕の命令に服してくれという。すると国民は泣いて、外ならぬ陛下の命令だから、忍びがたいけれども忍んで負けよう、と言う。嘘をつけ！　嘘をつけ！　嘘をつけ！

我等国民は戦争をやめたくて仕方がなかったのではないか。竹槍をしごいて戦車に立ちむかい土人形の如くにバタバタ死ぬのが厭でたまらなかったのではないか。戦争の終ることを最も切に欲していた。そのくせ、それが言えないのだ。

（同右、二七三－二七四頁）

戦後には、戦争責任が問われた。たとえば、東京裁判がそうである。しかし、そのとき糾弾されたのは天皇を利用した権力だけであり、天皇と一般の国民は免責されていた。天皇を利用した権力のみが加害者で、あとはすべて被害者である。だが、国民はたんに被害者か。安吾がいうように、戦況と経済状態が悪化すれば戦争が終わることを切望したというのも真実だが、戦争の初期にもっと戦って領土を拡張せよと切望したのも真実である。それらを全部忘れてしまい、「朕の命令」に素直に感動してみせる。ここに一種の「密室犯罪」が成立する。だが、それが「密室」であるのは、たんに外部の視点がないからである。

実際、天皇制を存続させたのは、対ソ連戦略から日本統治のために天皇を利用しようとしたアメリカの占領軍である。マッカーサー将軍という新たな支配者は、まず天皇に従って見せることによって、日本人を従わせたのだ。むろん、天皇も戦争末期に自らの存続のために必死に交渉したのであって、「無条件降伏」などありはしない。降伏は「国体護持」という「条件」つきでなされたのだから。戦後における天皇制の存続は、このような協働によって「密室犯罪」としてなされた。「嘘をつけ！」という声をあげたのは、探偵安吾のみである。

天皇制とは、天皇、諸権力、民衆がそれぞれ暗黙にもたれ合い、無責任になるようなシステムである。それがどう有効に機能しようと、このようなシステムがあるかぎり、日本人は「幼年期を出る」（カント『啓蒙とは何か』）ことができない。安吾の死後四〇年経った今、ナショナリストは天皇を括弧に入れて「日本民族」の歴史を主張している。それは「天皇制の復活」とは違ったように見える。しかし、天皇が介在しなかったような近代日本史などないことは、外から見れば明白である。だから、それは日本の「密室」の中でだけ成立する相互了解（約束事）にすぎない。そして、それこそが安吾が「天皇制」と呼び、あるいは「風流」と呼んだシステムである。

16　戦後の革命

坂口安吾の『堕落論』は、「半年のうちに世相は変わった」という言葉に始まっているので、戦後の世相風俗の変化に対応するものだと見なされている。しかし、そうではない。第一に、世相に関してなら、ここに書かれていることは、彼が戦中に書いた「青春論」と基本的に違っていない。ゆえに、これは、特に戦後の世相を見て考えたような事柄ではない。『堕落論』やそれ以後の彼のエッセイは、たんなる世相論ではなく、明瞭に政治的な主張を示している。第二に、次の文章が示すように、安吾において「堕落」という言葉は、通常とは逆のことを意味するのである。

> 日本国民諸君、私は諸君に日本人、及び日本自体の堕落を叫ぶ。日本及び日本人は堕落しなければならぬと叫ぶ。
> 天皇制が存続し、かかる歴史的カラクリが日本の観念にからみ残って作用する限り、

日本に人間の、人性の正しい開花はのぞむことができないのだ。人間の正しい光は永遠にとざされ、真の人間的幸福も、人間的苦悩も、すべて人間の真実なる姿は日本を訪れる時がないだろう。私は日本は堕落せよと叫んでいるが、実際の意味はあべこべであり、現在の日本が、そして日本的思考が、現に大いなる堕落に沈淪しているのであって、我々はかかる封建遺制のカラクリにみちた「健全なる道義」から転落し、裸となって真実の大地へ降り立たなければならない。我々は「健全なる道義」から堕落することによって、真実の人間へ復帰しなければならない。

（「続堕落論」04巻、二七四頁）

したがって、安吾が言う「堕落」は、より具体的にいえば、戦後の革命をもっと進行させることである。

私は敗戦後の日本に、二つの優秀なことがあったと思う。一つは農地の解放で、一つは戦争抛棄という新憲法の一項目だ。

農地解放という無血大革命にも拘らず、日本の農民は全然その受けとり方を過ってしまった。組織的、計画的な受けとり方を忘れて、単に利己的に、銘々勝手な処分にでて、あれほどの大革命を無意味なものにしてしまったのである。ここには明かに共産党や無産政党の頭の悪さがバクロされており、人の与えた稀有なものを有効に摂取するだけの能力が欠けていたのだ。

戦争抛棄という世界最初の新憲法をつくりながら、ちかごろは自衛権をとなえ、これもあやしいものになってきた。（野坂中尉と中西伍長「安吾巷談」08巻、三八七頁）

安吾が期待したのは、農地解放と新憲法の二つを輝かしい「無血大革命」とすることだった。しかし、それらいずれも、日本人が自発的におこなったことではなくて、米占領軍の命令でなされたものである。むろん、これらはたんに命令一つで急にできたようなものではない。それらは日本人自身のそれまでの体験なしにはできなかったし、また、たとえできても存続しなかっただろう。

農地解放についていえば、戦前左翼運動が壊滅した後にも、さらに戦争中にも、小作争議が頻発した。それは、国家社会主義者（革新官僚）もその解決をはからねばならないほどに重大であった。占領軍による農地解放が容易になされたのは、それがすでに日本の官僚によって計画されたものであったからだ。また、戦争抛棄という憲法（九条）についていえば、それを推進したのは、占領軍司令官マッカーサー元帥やその部下であるニューディーラーたちであるが、日本側にも当時の幣原《しではら》首相のようにそれを提唱した者がいた。いずれの場合も、この理念はカントの『永遠平和のために』にもとづくものであった。しかし、その理念がどこから来ようと、またそれが占領軍の戦略によろうと、憲法九条がその後も存続したのは、日本人の戦争体験から来るものである。これは決して「無血」で得られたのではない。その前に、内外で大量の血が流されたのだ。

しかし、この憲法と農地改革は、安吾が言うように、すぐにその革命性を失ってしまった。たとえば、当時の共産党はアメリカからの民族独立を唱え、軍備抛棄どころかいわば人民軍を組織することを考えていた。また、土地をもらった農民はたちまち保守化し、戦後的な革命を否定する牙城となった。したがって、この時期、以上のような安吾の見解は無視された。憲法九条に関して彼はいった。《人に無理強いされた憲法だと云うが、拙者は戦争はいたしません、というのはこの一条に限って全く世界一の憲法さ。戦争はキ印かバカがするものにきまっているのだ》（「もう軍備はいらない」一九五二年。12巻、五四三頁）。

この憲法は占領軍によって無理強いされたものだ、ゆえに自主的な憲法を作らねばならない、という主張は、朝鮮戦争のころから始まり、今もくりかえされている。それに対して、護憲派はこの憲法が日本人によって自主的に維持されてきたことを主張してきた。だが、それを作ったのが日本人自身でないということは、否定し得ない事実である。安吾はこのことについても明確に述べている。彼は、マッカーサー元師がこの平和憲法を一つの「実験」として実施した、という。

むろん日本の政治家には、このような実験は許されない。自国の政治に実験ということはあり得ないから。しかし、彼の実験には誠意が溢れていたね。その仕事に全てをかけているマジメさが溢れていた。

妙な話だが、日本の政治家が日本のためにはかるよりも、彼が日本のためにはかる方が概ね公正無私で、日本人に利益をもたらすものであったことは一考の必要があるでしょう。元帥の是正がなければ、日本の政党はボスやギャングに依存して、暗黒政治とインフレの泥沼を泳ぐことになったろう。占領されることが幸福をもたらすという妙な経験を日本はしたものさ。（「誠実な実験者・マ元帥」一九五一年。12巻、三－四頁）

安吾がこう書いたのは、マッカーサー将軍がトルーマン大統領によって解任された時期である。マッカーサーの動機、思惑が何であれ、また、あとで彼が撤回したとしても、この憲法を作ったのはマッカーサーであった。彼がそうしなかったら、憲法九条が成立しなかった。ゆえに「押しつけ」説は正しい。だが、それはその後に日本人が支持しなければ、廃棄されたはずである。ゆえに、九条は日本人の自発的な意志にもとづいている。したがって、憲法九条に関して、「押しつけられた」というのも、「自発的だ」というのも、まちがいではない。しかし、いずれも、この時に起こった奇妙な事態を説明できない。

私はこの問題を解くためには、7章と8章で述べたような、後期フロイトの認識が必要だと思う。フロイトは「無意識の罪悪感」についてこう述べた。

人は通常、倫理的な要求が最初にあり、欲動の断念がその結果として生まれると考えがちである。しかしそれでは、倫理性の由来が不明なままである。実際にはその反対に進行するように思われる。最初の欲動の断念は、外部の力によって強制されたものであり、欲動の断念が初めて倫理性を生み出し、これが良心というかたちで表現され、欲動の断念をさらに求めるのである。

（「マゾヒズムの経済論的問題」一九二四年、『フロイト全集』18巻、岩波書店、三〇〇頁）。

フロイトのこの見方は、憲法九条が外部の力、すなわち、占領軍の指令によって生まれたにもかかわらず、日本人の無意識に深く定着した過程を見事に説明する。戦争において、日本人の「死の欲動」が外に対して攻撃欲動として全面的に発揮された。しかし、戦後には、それが内部に向けられた。その場合、先ず外部の力による戦争（攻撃性）の断念があり、それが良心（超自我）を生みだし、さらに、それが戦争の断念をいっそう求めることになったのだ。

先に引用したように、安吾は戦争中の日本人についてこう述べた。《我等国民は戦争をやめたくて仕方がなかったのではないか。竹槍をしごいて戦車に立ちむかい土人形の如くにバタバタ死ぬのが厭でたまらなかったのではないか。戦争の終ることを最も切に欲していた。そのくせ、それが言えないのだ》（「続堕落論」04巻、二七四頁）。しかし、彼らは「言えなかった」というよりむしろ、それを意識していなかったのだ。したがって、「撃ちてし止まん」というような空疎なスローガンを本気で唱えていた。

それは戦後になっても同じである。戦争を反省して、自発的に戦争を放棄することを考えたのではない。しかし、日本人は占領下において強制された憲法九条を、独立以後も廃棄しようとしなかった。もし意識的反省によって憲法を作ったのであれば、とうに改定していただろう。そうしないのは、これが意識のレベルではなく、無意識のレベルの問題だということを示している。このことを早くから察知していたのは、坂口安吾一人であった。

第二部

『日本文化私観』論

1　現実について

一〇年ほど前だが、私は友人に指摘されるまで、坂口安吾の『日本文化私観』を戦後の作品だと錯覚していた。ひとりの人間の思考を「時代」と結びつけてしまうことの愚を思い知ったのは、そのときである。戦争中にこんなものが書かれるはずはないという先入観に、私は支配されていたのである。今では逆だ。私はもう戦後に考えられた事柄にほとんど興味をもつことができない。関心をもつとしても、結局戦争期に考えられ、且つその緊張した姿勢をそのまま持続しえた作品だけである。

戦争の時代の緊張がひとを明晰にするのだろうか。たしかにそうだ。が、ものを考えるのに理想的な状態などというものはありはしない。本当は外的条件とは無関係なのだ。思考を明確にするのは、明確たらんとする意志のみである。あいまいな比喩に終始し、けっして〝底〟に到達しえないダブついた思考に、私はもううんざりしている。

　僕の仕事である文学が、全く、それと同じことだ。美しく見せるための一行があってもならぬ。美は、特に美を意識して成された所からは生れてこない。どうしても書かねばならぬこと、書く必要のあること、ただ、そのやむべからざる必要にのみ応じて、書きつくされなければならぬ。ただ「必要」であり、一も二も百も、終始一貫ただ「必要」のみ。そうして、この「やむべからざる実質」がもとめた所の独自の形態が、美を生むのだ。

（『日本文化私観』冬樹社版『坂口安吾全集』より引用。以下同）

　ここ何年間か、「必要のみ」という言葉が私の頭の隅で鳴っていた。必要《ネセシティ》という語がひどく鮮やかに映ったのである。それは必然《ネセシティ》という語であってはならなかった。ただ必要であり、そして必要が生み出すものだけが必然なのだ。しかし「必要のみ」という言葉は、どのような精神の状態において発せられたのだろうか。安吾全集を読みはじめたのは、ただそれを究めたかったからである。「必要のみ」という言葉には、むろん戦争下の生存という事実が投影されている。しかし、そこにはおそらく、自己を必然づける空しい格闘に疲弊し幻影を破られて、ただ「必要」という言葉に依ってのみ回生してきた安吾という一個の精神がある。

*

私は終戦のときちょうど満四歳になったばかりだった。したがって、その時期についてほとんど何も知らなかったのだが、安吾の『帝銀事件を論ず』という文章を読んでいて、不思議になまなましく想起した出来事がある。帝銀事件の犯人が感じさせるのは「戦争の匂い」であると、事件が起ったばかりの時期に安吾は書いている。この文章には、戦争中とか戦後といった区分をすこしも感じさせない、あるいはそういう区分を拒絶して迫ってくるようななにかがある。

今日、すでに戦争は終ったという。しかし、どこに戦争があって、いつ戦争が終ったか、身をもってそれをハッキリ知るものは、絶海の孤島で砲煙の下から生き残ったわずかな兵隊ででもなければ、知りうるはずはない。誰も自主的に戦争をしていたわけではないのであるから、戦争というから戦争と思い、終戦というから終戦と思い、民主主義というから民主主義と思い、それだけのことで、それは要するに架空の観念であるにすぎず、われわれが実際に身をもって知り、また生活しているものは、四囲の現実だけだ。

（中略）

戦争は終った、という観念上の空言を弄して、この現実に新展開をもとめようとするのは、現実に魔法を行おうと試みるような幼稚なことで、現に荒廃せるこの様相をまずシカと認識してかからねばならぬ。すなわち、街は焼け野である。人は雑居し、骨肉食を争い、破れ電車に命をかけて押しひしめいている。

私が帝銀事件に感じるものは、決して悪魔の姿ではない。バタバタと倒れ去る十六名の姿の中で、冷然と注射器を処理し、札束をねじこみ、靴をはき、おそらく腕章をはずして立ち去る犯人の姿。私は戦争を見るのである。

あの焼け野の、爆撃の夜があけて、うららかな初夏の陽ざしの下で、七人の爆屍体を処理しながら、屍体の帽子をヒョイとつまんで投げだす若者の無心な健康そのものの風景。木杭よりもなおおそまつに焼屍体を投げころがす人々。

私の見たのはそれだけであるが、外地の特務機関だとか憲兵だとか、芋のように首を斬り、毒薬を注射して、無感動であった悪夢の時間があったはずだ。戦争というまことに不可解な麻薬による悪夢であり、そこでは人智は錯倒して奇妙に原色的な、一見バカバカしいほど健全な血の遊びにふけり麻痺しきっていたのである。
私は帝銀事件の犯人に、なお戦争という麻薬の悪夢の中に住む無感動な平凡人を考える。

（傍点引用者、以下同）

「破れ電車に命をかけて押しひしめいている」という条りから、私が想いおこすのは一つの光景だ。とにかく子供にとって、電車に乗ることは恐怖だった。いつも何台も待ち、しかも何台待っても乗りこむ人々の凄じさはすこしも軽減しない。なぜあんなに混み、あんなに血相を変えて荒々しかったのだろう。けれども、私がいわば〝原色的〟におぼえているのは、昼間の比較的空いた電車での出来事である。電車に乗りそこねて、片足をホームと車輛の間に落してしまった中年の女がいた。その女を押し倒して乗り込んだ他の乗客は、彼女が血まみれの足を新聞紙でくるみ、しかも新聞紙からだらだら血が滴りおちるのを、見ぬふりをしていた。私の母も知らぬ顔をしていた。電車は出発し、いくつかめの駅で、いつのまにか女はいなくなっていた。

私はそのときたぶん五歳だったはずだが、私の母はその出来事をまったく記憶していない。だから私はそれを夢だったのかも知れないとすら思う。しかし、今から思えば、人々はあんな出来事に慣れ麻痺していたのであり、怪我をした女自身もそうなのかも知れなかった。彼女は、傷をなめてなおす獣のように、ひっそりと手当てをしていた。彼女自身が、他人の無関心に対してさらに無関心だった。そこに陰惨という感じはなかった。それは「奇妙に原色的な、一見バカバカしいほど健全な」光景とでもいうほかはない。

こういう光景にも、実は「戦争の匂い」が漂っていたかも知れない。安吾を読むまで、私はそう考えたことがなかった。なぜなら、それが私の世の中に対してもった最初のイメージだからであり、それを時代と結びつけるよりもずっと以前に刻印された光景だったからである。私はこの光景にどんな意味を付そうとも思わない。あれが人間の原型だというつもりもない。私は半ばあれは夢ではなかったかと疑っている。あまりに明瞭すぎる光景だからだ。しかし、もしそうだとしたら、あの光景を執拗におぼえているかぎり、私はまだ「悪夢の中」に生きつづけているのかも知れないのである。

私が安吾の文章を読んで喚起させられたのは、戦争という事実ではない。彼自身、「私は戦争そのものを知らないのだ」といっている。私はそこに、童話（昔話）の残酷さに似た感触をおぼえる。陰惨といえば陰惨だが、それをはねつけてしまう健康さがある。童話に意味をつけてもはじまらない。安吾は、屍体を「ヤッカイ千万な役立たずの木杭」のように始末している人々の光景を次のようにいっている。

まったく原色的な一つの健康すら感じさせる痴呆的風景で、しみる太陽の光の下で、死んだものと、生きたものの、たったそれだけの相違、この変テコな単純な事実の驚くほど健全な逞しさを見せつけられたように思った。これが戦争の姿なんだ、と思った。

（『帝銀事件を論ず』）

だが、屍体処理をしている人々が〝健康〟なのではない。彼らが何を考えていたのかはわからないのだ。安吾だけがその風景を〝健康〟とみたのであり、それはその風景自体にあるのではなかった。人々は屍体を〝人間〟として扱う余裕がない。それは物体であり、厄介な物体だ。彼らの仕事はたんに物体を焼却することである。戦争でなくても、ひとはそれに慣れることができる。現に慣れなければやっていけない職業がある。しかし、そういう光景を〝健康〟とみる安吾は、もっと異常な出来事に慣れていたのだというべきである。

「これが戦争の姿なんだ、と思った」という安吾の言葉を、だれでも疑うことができる。戦争はそれだけではない。だが、疑いないのは、「戦争の姿」をそこにみる安吾の眼が、「戦争そのもの」からはまったく来ていないということである。安吾は戦争という事実についで語っているのではない。彼は爆屍体を処理する陽気な青年たちの光景に、それまで予想していたものとはまったくくい違ったものを見た。それはまるでありそうもない夢のような、しかも現実よりももっとリアルな光景である。むしろ、《現実》とはそういうものではないのか。安吾は、それを戦争に特有の異常とはみなかった。なぜなら、「これが《現実》なのだ」という思いは、ありそうもないことが現にあるという違和感なしにありえないからである。

たとえば、架空の観念を捨てて四囲の現実をみよ、戦争は続いているではないか、戦争がいつ終ったかはっきりわかるのは「絶海の孤島」で生き残った兵隊だけだ、と安吾はいう。「四囲の現実」ならだれでも見ているし、そこに眼をあけて生きている。しかし、安吾のいう《現実》はそういうものではない。私が戦争はいつ終ったのかという安吾の問いを切実に感じたのは、皮肉なことに、「絶海の孤島」で生き残った兵隊が帰国したときだった。戦後三〇年経って日本兵が帰還してきたという事実に接した最初の驚きを、私は忘れることはできない。それは「これが《現実》なのだ」という思いであって、戦争はまだ片づいていないといったさまざまな分析にはもう最初の惑乱は痕跡すらとどめていないのである。

*

フロイトは、芸術的活動を子供の遊びと類比した上で、「遊びの反対物は真剣ではない――現実である」といっている。これはひとをぎくりとさせる逆説である。こういう省察はけっして心理学からでてくるものではない。むしろフロイトの精神分析を生んだものこそ、この逆説なのだ。真剣であること、目醒めていること、リアリスティックであること、それはまだ《現実》ではない。狂気の反対物は正気ではなく、夢の反対物は覚醒ではない――それは《現実》である。どんな真剣な内省もまだ真の内省ではないというフロイトの精神分析の底には、心理学というようなものとはちがった認識、理論的というより彼自身の経験からきたというほかないような認識がひそんでいるように思われる。

同じことを私はマルクスにも見出す。彼の初期論文「ユダヤ人問題によせて」や「ヘーゲル法哲学批判序説」には、私の考えでは、ヘーゲルをたんに転倒させただけの一種の予定調和的論理（疎外論）があるにすぎない。にもかかわらず重要なのは、宗教批判者（バウワー）に対して、宗教を否定し批判したところで、真に宗教から解放されはしないというマルクスの認識に、これまでのどんな無神論者ともちがった固有の省察があるということだ。マルクスは、いわば宗教（幻想）の反対物は非宗教（啓蒙主義）ではない、《現実》だというのである。おそらくこれもまた哲学の学習からはけっして出てこない認識であって、彼らの思想的独創は、〝遊び〟に対して〝真剣〟を、〝夢〟に対して〝覚醒〟を対置するような平板な論理、結局はそのなかで空まわりせざるをえないような論理の球体をいきなり突き抜けてしまったところにある。

　たとえば、分裂病の患者に、君の考えは妄想だ、理性的に、現実をあるがままに見たまえ、自分の足で立ちたまえといったところで無意味である。たしかに患者は現実を見ることをおそれている。しかし本当に彼がおそれているのは、眼前の現実ではなく、直視しえず言語化もできないようなある《現実》なのである。幻想を捨てようとし、また捨てたつもりになっても、《現実》は見えない。《現実》とは、われわれにとってよそよそしく、われわれを突きはなす何かである。たぶんカントが「物自体」と呼んだのはそういうものだろう。私はカント、マルクス、フロイトたちがそれぞれいつどのようにしてそういう《現実》を発見したのかを知らないが、何よりもそのような発見こそが彼らをオリジナルな思想家たらしめたのだということを疑わない。

　坂口安吾が、「架空の観念」のかわりに「四囲の現実」を見よというときにも、同じことがいえる。彼がいうのは、もとより焼跡に飢えた貧しい人々がいるというようなことではない。つまり、〝社会科学〟的に現実を見よといっているのではない。彼は、ただ「架空の観念」やそれに対する〝現実的な〟観念ではなく、それらの向うに彼らを突きはなすかのように存する《現実》を見ていた。「政治と文学」に関する論争がおこなわれているとき、安吾はそこからはなれた場所にいた。たぶん彼はこういいえたはずだ。文学の反対物は政治ではない——《現実》だ、と。安吾というリアリストは、文学上の、あるいは政治上のいわゆるリアリストとは本質的に異なるのである。

このような認識は、いうまでもなく、戦争あるいは戦後の経験から出てきたのではなく、生活者の経験から出てきたのでもない。すでに安吾は、昭和一六年『文学のふるさと』というエッセイのなかで、次のように述べている。

彼はいくつかの話を例にあげているが、その一つは童話の『赤頭巾』である。心やさしく、美徳以外に何もない可憐な少女が、森のお婆さんを見舞に行って、お婆さんに化けて寝ている狼にムシャムシャと食べられてしまう。もう一つは、狂言で、さる大名が旅行してお寺の屋根の鬼瓦をみて、家にのこした妻そっくりなので泣き出してしまうという話であり、さらに、『伊勢物語』から、男がやっと手にいれた女を雷から守るために押入れにいれて槍をふるって闘っていたが、鬼がいつのまにか女を食べてしまっていたのを夜が明けて知るという話を引いている。

　私達はいきなりそこで突き放されて、何か約束が違ったような感じで戸惑いしながら、然し、思わず目を打たれて、プツンとちょん切られた空しい余白に、非常に静かな、しかも透明な、ひとつの切ない「ふるさと」を見ないでしょうか。逃げるにも、逃げようがありません。それは、私達がそれに気付いたときには、どうしても組みしかれずにはいられない性質のものであります。宿命などというものよりも、もっと重たい感じのする、のっぴきならぬものであります。これも亦、やっぱり我々の「ふるさと」でしょうか。

そこで私はこう思わずにはいられぬのです。つまり、モラルがない、とか、突き放す、ということ、それは文学として成立たないように思われるけれども、我々の生きる道にはどうしてもそのようでなければならぬ崖があって、そこでは、モラルがない、ということ自体がモラルなのだ、と。

安吾は、このような話に共通する一つの性質を、つまりひとを突き放すようなある感覚を「ふるさと」とよんでいる。これらの話が与えるのは、絵空事でもいわゆる現実でもなく、むしろそれらの裂け目からのぞきみえる何かグロテスクな感触である。われわれが一見非現実的なこれらの話から衝撃を受けるとすれば、それは漠然とであれ《現実》をそこに感受するからだ。真にリアルなものはリアリスティックではないとカフカはいっている。

「宿命などというものよりも、もっと重たい感じのする、のっぴきならぬもの」と安吾がよぶのは、そういうリアリティ以外の何ものでもない。現実とはこれこれしかじかだといっているのではない。彼はただ彼を突き放す、あるいはそのようにしてのみ存在するものを《現実》とみたのであり、同時に「文学のふるさと」とよんだのである。

ここでいわれる「ふるさと」という言葉自体反語的である。なぜなら、ふつう「ふるさと」とは、ひとを温かく包みこみ安らぎを与えるもののことだからである。しかし、安吾の「ふるさと」は、「透明な切なさ」のなかにある。抽象的でインパーソナルな無機的な世界にある。それが、右に引例した物語のような題材によって展開されているのは、『紫大納言』（昭和一四年）や『桜の森の満開の下』（昭和二二年）という秀作であって、ここには、安吾のいう「生存それ自体が孕んでいる絶対の孤独」（『文学のふるさと』）の、透明な結晶がある。しかし、安吾がさらにこうつけ加えていることに注意すべきであろう。《アモラルな、この突き放した物語だけが文学だというのではありませんん。否、私はむしろ、このような物語を、それほど高く評価しません。なぜなら、ふるさとは我々のゆりかごではあるけれども、大人の仕事は、決してふるさとへ帰ることではないから。……》（『文学のふるさと』）

安吾が見るのはもう一つの《現実》である。そこでは、もはや「空と海と風」のなかで絶対的な孤独に自足しうること自体が不可能である。

白痴の苦悶は子供達の大きな目とは似ても似つかぬものであった。それはただ本能的な死への恐怖と死への苦悶があるだけで、それは人間のものではなく、虫のものですらもなく、醜悪な一つの動きがあるのみだった。やや似たものがあるとすれば、一寸五分ほどの芋虫が五尺の長さにふくれあがってもがいている動きぐらいのものだろう。そして目に一滴の涙をこぼしているのである。

言葉も叫びも呻きもなく、表情もなかった。伊沢の存在すらも意識してはいなかった。人間ならばかほどの孤独が有り得る筈はない。男と女とただ二人押入にいて、その一方の存在を忘れ果てるということが、人の場合に有り得べき筈はない。人は絶対の孤独というが、他の存在を自覚してのみ絶対の孤独も有り得るので、かほどまで盲目的な、無自覚な、絶対の孤独が有り得ようか。それは芋虫の孤独であり、その絶対の孤独の相のあさましさ。心の影の片鱗もない苦悶の相の見るに堪えぬ醜悪さ。

(中略)

三月十日の大空襲の焼跡もまだ吹きあげる煙をくぐって伊沢は当もなく歩いていた。人間が焼鳥と同じようにあっちこっちに死んでいる。ひとかたまりに死んでいる。

まったく焼鳥と同じことだ。怖くもなければ、汚くもない。犬と並んで同じように焼かれている屍体もあるが、それは全く犬死で、然しそこにはその犬死の悲痛さも感慨すらも有りはしない。人間が犬の如くに死んでいるのではなく、犬と、そして、それと同じような何物かが、ちょうど一皿の焼鳥のように盛られ並べられているだけだった。犬でもなく、もとより人間ですらもない。（『白痴』）

この「醜悪さ」は、ほとんどサルトルの「吐き気」に似ている。この主人公は、周囲に〝人間〟ではなく、芋虫や焼鳥をみるのだ。いいかえれば、彼の嫌悪は、彼自身の存在がそのような〝物〟と同化してしまうことに発している。彼はもはや外から観察する主体ではありえない。彼が彼として在るのは嫌悪の意識においてのみである。

『白痴』が開示する存在論の猥雑さと、『桜の森の満開の下』が示す存在論の透明さは、一見異質であるようにみえる。しかし、それらはいずれも、ひとを突き放す《現実》なのである。『白痴』の主人公のインテリは、白痴の女の位相へ降りていくことで救われようとしているのではない。安吾が書いているのは、人間の根底にはわれ嫌悪す、故にわれ在りというべき在り方しかないということだ。救いのないことが救いであり、モラルがないことがモラルだという安吾の、窮極の「ふるさと」がそこにある。

＊

『文学のふるさと』で安吾が例にあげている話のなかで、もっとも重要なのは芥川の遺稿に関するものである。これは『吹雪物語』にも出てくる話である。晩年の芥川の家に、農民作家が原稿をもってやってくる。それは、ある百姓が貧困のため生れた子供を殺し石油かんに入れてしまうという筋書で、芥川がそれを読んで、いったいこんな事が本当にあるのかねときいたところ、農民作家は、それは俺がしたのだがねという。芥川があまりのことにぼんやりしていると、あんたは悪いことだと思うかねとぶっきら棒にいい、どんな事柄にも敏速に応答しうる芥川が何も答えられない。この農民作家が立ち去ると、彼は突然突き放されたような気がした、という話である。

この手記ともつかぬ原稿は芥川の死後に発見されたものです。

ここに、芥川が突き放されたものは、やっぱり、モラルを超えたものであります。子を殺す話がモラルを超えているという意味ではありません。その話には全然重点を置く必要がないのです。女の話でも、童話でも、なにを持って来ても構わぬでしょう。とにかく一つの話があって、芥川の想像もできないような、事実でもあり、大地に根の下りた生活でもあった。芥川は、その根の下りた生活に、突き放されたのでしょう。いわば、彼自身の生活が、根が下りていないためであったかも知れません。けれども、彼の生活に根が下りていないにしても、根の下りた生活に突き放されたという事実自体は立派に根の下りた生活であります。

つまり、農民作家が突き放したのではなく、突き放されたという事柄のうちに芥川のすぐれた生活があったのであります。

もし、作家というものが、芥川の場合のように突き放される生活を知らなければ、「赤頭巾」だの、さっきの狂言のようなものを創りだすことはできないでしょう。

モラルがないこと、突き放すこと、私はこれを文学の否定的な態度だとは思いません。むしろ、文学の建設的なもの、モラルとか社会性というようなものは、この「ふるさと」の上に立たなければならないものだと思うものです。


この農民作家が現実を知っているのではない。また彼の方に現実があるのでもない。安吾がいおうとしているのは、芥川が「突き放されたという事柄」、そこにのみ《現実》があるということだ。したがって、子を殺す話であろうと、童話であろうと、戦争であろうと、彼にはどうでもよいので、問題はその経験の性質にはない。おそらくその農民作家の作品そのものは大したものではあるまい。芥川には、こういう悲惨な現実もあるのかねといった程度の、つまりプチブルジョア・知識人の反応があっただけだ。むしろ「俺がやったのだがね」という唐突な言葉に、『赤頭巾』や『伊勢物語』の一節に似た、ひとを突き放す感覚がある。これはただ芥川にとってのみ存し、その農民作家自身にはない。

芥川が、自分はプチブルジョア・知識人で、農民が生きている現実にショックを受けたということなら、安吾がこの遺稿に注目するはずがない。その農民作家が、もしあなたのような書斎派の作家には何もわかっていないといったところで、とるにも足らない。安吾は、「生活」というものを、農民にあり知識人にないというような観点からいっているのではない。「生活《ライフ》」という語は、もともと西欧語においてそうであるように、安吾にとって「生《ライフ》」にほかならなかった。《生活は個性によるものであり、元来独自なものである。一般的な生活はあり得ない。めいめいが各自の独自なそして誠実な生活をもとめることが人生の目的でなくて、他の何物が人生の目的だろうか》(『デカダン文学論』)。同じことが《現実》についていえる。それは独自の発見である。

子供を殺す話といえば、柳田国男が『山の人生』の冒頭に記している二つの話、すなわち山中に住む飢えた一家で、親がふらふらと子供を殺してしまう話にも類似した点がある。柳田は子供のころから飢饉を見聞しており、農政学者・官僚としてもその惨状をよく知っていたはずであって、この話が彼を深く感動させたのはその種の現実を知らされたからではない。おそらくそれは、この犯罪調書を読んでなにか「突き放される」ような感覚をあじわったからだ。

「我々が空想で描いて見る世界よりも、隠れた現実の方が遥かに物深い。又我々をして考へしめる」と、柳田は書いている。もしこうした悲惨な現実が隠れていることを知るべきだといっているのだとすれば、彼はさらに農政の改善に徹すべきであって、民俗学という迂遠な領域に入っていくのはおかしい。また、「ウソ」を慫慂《シヨウヨウ》し、泉鏡花を讃美した柳田が、空想より現実だというはずはない。

四〇年後に柳田は回顧して次のようにいっている。

この二つの犯罪を見ると、まことに可哀想な事実であつた。私は誰かに話したくて、旧友の田山花袋に話したが、そんなことは滅多にない話で、余り奇抜すぎるし、事実が深刻なので、文学とか小説とかに出来ないといつて、聞き流してしまつた。田山の小説に現はれた自然主義といふものは、文学の歴史からみて深い関係のある主張ではあつたが、右の二つの実例のやうな悲惨な内容の話に比べれば、まるで高の知れたものである。

(『故郷七十年』)

結局柳田のいうのはこういうことだ。空想の反対物は自然主義的リアリズムではない——《現実》なのだ、と。だからこそ、そのような《現実》は物深く、またわれわれをして考えしめる。彼が泉鏡花を評価しているのは、それが身辺的リアリズムをこえた想像力の豊饒さを示しているからではない。そのなかに、安吾が例にあげたような《現実》の感触を保持しているからだ。

柳田は、眼前になお〝事実〟として存続している『今昔物語』、すなわち『遠野物語』を書くことから民俗学へ入って行った。『今昔物語』に材を借りた芥川は、それらを合理的・心理的にモディファイしただけだった。そこから消えてしまったのは、たとえば『赤頭巾』が与えるような《現実》感である。それは、芥川が大衆的生存から遊離していたからでも、そこに回帰することを拒んだからでもない。彼に欠けていたのは、「突き放される」経験にほかならなかった。

逆説的だが、「根を下す」ということは、「根」から突き放されることであり、いいかえればそのようにして「根」を感知することである。芥川に生活がないというならば、安吾にはさらに生活はなかった。安吾は、自分が下層社会を放浪し、「淪落の底」にいたからという理由で、芥川は「根を下していない」といったのではない。安吾における「淪落」

なるものは、実際は作品が作り出した誇張された伝説にすぎない。しかも、そういう体験がかりにあったとしても、たかだか右の農民作家のような作品しか生まない。
現実に「底」や「根」が存在するのではない。安吾の経験したのはむしろ知的な問題であって、それゆえに、晩年の芥川について、「突き放されたという事柄のうちに芥川のすぐれた生活があった」というのである。醒めた冷静な眼が《現実》を見るのではない。そんなものは何も見やしない、と安吾はいうのだ。イデオロギーを捨ててものを見よといったところで、生活をもとめようとしたところで同じことだ。ただ「突き放される」ところに、《現実》がある。何に突き放されるかは、〃独自〃の問題にすぎない。

＊

戦後の『堕落論』で、安吾は次のようにのべている。

人間は可憐であり脆弱であり、それ故愚かなものであるが、堕ちぬくためには弱すぎる。人間は結局処女を刺殺せずにはいられず、武士道をあみださずにはいられず、天皇を担ぎださずにはいられなくなるであろう。だが他人の処女でなしに自分自身の処女を刺殺し、自分自身の武士道、自分自身の天皇をあみだすためには、人は正しく堕ちる道を堕ちきることが必要なのだ。そして人の如くに日本も亦堕ちることが必要であろう。堕ちる道を堕ちきることによって、自分自身を発見し、救わなければならない。政治による救いなどは上皮だけの愚にもつかない物である。

この文章は敗戦後、生活の困窮と価値観の転倒した状勢のなかで書かれた。したがって、「堕ちる」という語そのものが人々の実感に直に訴えるところがあり、安吾を一躍流行作家にしたのだが、注意して読めば、これは『文学のふるさと』や『日本文化私観』の延長としてあるにすぎない。「人間が変ったのではない。人間は元来そういうものであり、変ったのは世相の上皮だけのことだ」と彼はいう。同様に安吾も変わったのではない。「堕ちる」という言葉は、安吾において世相、あるいは外見上の生活とはまったく無縁なところからきている。それがたまたま敗戦後の雰囲気と、幸か不幸か合致したまでである。『堕落論』その他で安吾が撃っているのは、さまざまの戦後的な「架空の観念」であり幻影である。戦中の『日本文化私観』と異なるのはただその点においてのみだ。人間は「堕ちぬくためには弱すぎる」。堕ちぬくというのは、闇屋をやりパンパンをやるということではない。「文学のふるさと」、いいかえればモラルがなく救いがないことこそモラルであり救いだという地点に根を下すことである。だがそれに耐えるには、ひとは脆弱すぎる。

《現実》を直視するには弱すぎる。一見〝現実的〟な幻影がすでに人々の頭脳を支配している。《現実》は、それまで、〝現実的〟だった観念が幻影と化した一瞬にのみあり、いわば〝突き放された〟一瞬にのみあった。国が破れたにもかかわらず何ごともなく日々の生活が続くという違和感にのみ存在した。「これが敗戦の姿だ」という思いは、たちまち反省とか再建といった言葉のうちに紛れ込んで行く。安吾の批評自体が、ブームの渦のなかに消えてしまう。

　戦争下の『日本文化私観』は孤独だったが、『堕落論』はいわば群衆のなかの孤独であった。『日本文化私観』や『文学のふるさと』を書いたとき、安吾はもうすでに確固とした何かをつかんでいた。しかし、それは「日本文化」の研究とか時代の反映といったものとは根本的に無縁であって、そこには安吾の、ぎりぎりにひきしぼられた知性上の一事件があったといわねばならない。

　たとえば、次のようにいうとき、彼はけっして実用的・功利的な考え方をしていたのではない。しかし真の意味でのプラグマティズムの哲学に通じるところがある。それは形而上学批判の根拠をプラグマ（実践）にもとめたという点においてのみである。

> 法隆寺も平等院も焼けてしまって一向に困らぬ。必要ならば、法隆寺をとりこわして

停車場をつくるがいい。我が民族の光輝ある文化や伝統は、そのことによって決して亡びはしないのである。武蔵野の静かな落日はなくなったが、累々たるバラックの屋根に夕陽が落ち、埃のために晴れた日も曇り、月夜の景観に代ってネオン・サインが光っている。ここに我々の実際の生活が魂を下している限り、これが美しくなくて、何であろうか。見給え、空には飛行機がとび、海には鋼鉄が走り、高架線を電車が轟々と駈けて行く。

（『日本文化私観』）

これは、たんに表面だけからいえば、戦後の人間には大して衝撃を与えないだろう。現に「日本列島改造」に至るまでの経過は、そのような「必要」の追求にほかならなかったからである。だが、安吾のいっていることはちがう。彼は、何よりも「美に就て」語っているのだ。美しいものを美しいといっているので、これが美しいと説得しているのではない。戦後坂口安吾は、小林秀雄を批判するとき次の文章を引用している。

……美しい「花」がある。「花」の美しさといふ様なものはない。彼の「花」の観念の曖昧さに就いて頭を悩ます現代の美学者の方が、化かされてゐるに過ぎない。

（小林秀雄「当麻」）

安吾は、「こういう気の利いたような言い方は好きでない。本当は言葉の遊びじゃないか」(『教祖の文学』)といっている。安吾の小林秀雄批判に関しては、ここでは述べないが、安吾が苛立っているのは、小林秀雄の認識に反対だからではなく、むしろ同感だったからだということを知っておくべきであろう。小林秀雄の右の言葉は、美学者は「美」についてあれこれ説明するが、それはどこかに外的に存在するものではなく、ただ対象と精神との動的な緊張関係にだけ存するということである。「美」は理論的であるより実践的な問題である。安吾はけっしてこれと異なる意見を述べたわけではなかった。「美」は実践的な問題であり、それ以外の何ものでもない。だが、この先に小林秀雄との決定的差異があり、ほとんどそれのみが重要である。

小菅刑務所とドライアイスの工場。この二つの関聯に就て、僕はふと思うことがあったけれども、そのどちらにも、僕の郷愁をゆりうごかす逞しい美感があるという以外には、強いて考えてみたことがなかった。法隆寺だの平等院の美しさとは全然違う。しかも、法隆寺だの平等院は、古代とか歴史というものを念頭に入れ、一応、何か納得しなければならぬような美しさである。直接心に突当り、はらわたに食込んで

> くるものではない。どこかしら物足りなさを補わなければ、納得することが出来ないのである。小菅刑務所とドライアイスの工場は、もっと直接突当り、補う何物もなく、僕の心をすぐ郷愁へ導いて行く力があった。なぜだろう、ということを、僕は考えずにいたのである。
>
> （中略）
>
> この三つのものが、なぜ、かくも美しいか。ここには、美しくするために加工した美しさが、一切ない。美というものの立場から附加えた一本の柱も鋼鉄もなく、美しくないという理由によって取去った一本の柱も鋼鉄もない。ただ必要なもののみが、必要な場所に置かれた。そうして、不要なる物はすべて除かれ、必要のみが要求する独自の形が出来上っているのである。
>
> （『日本文化私観』）

むろん、必要なもののみが必要な場所に置かれているがゆえに美しいというならば、それは機能主義的な美学者の言葉にすぎない。安吾は「美」について説明しているのではない。実際は、安吾は「利根川の風景も、手賀沼も、この刑務所ほど僕の心を惹くことがなかった」と書いており、出発点はまずその刑務所の形観に否応なく心惹かれてしまう彼の資質と経験、そして、それを「なぜだろう」と問う内省にあった。

もし、安吾にしたがって他人がそれを美しいと考えるならば、法隆寺が美しいというのと差異はない。どのみち「直接心に突当り、はらわたに食込んでくるものではな」く、「一応、何か納得しなければならぬような美しさ」だからである。それなら、法隆寺を美しいという方がまともであり、妙なふうに異説をとなえてもつまらないだけだ。しかし、そういう殺風景な風景を美しいと思う気持には、対象と対応する一つの精神の風景がある。それをおいて「美」なるものは存在しないのである。

要するに、安吾は逆説を弄しているのではない。また、その種の反語がいま私の胸を打つはずはない。肝心なのは、安吾があるとき不意に小菅刑務所という風景に釘付けになったという事実である。それは、もう『日本文化私観』を書いている安吾にとってさえ、過去の出来事である。おそらく彼自身そこへもう一度行っても、同じように感じなかっただろう。それは彼のいわば一回的な経験であり、内省のなかで純化されることによって、「生活」として、「思想」として定着したものなのである。

風景の強度は、精神の強度である。「必要」以外の何ものもないような建築を見入っている彼の眼は、「必要」以外の何ものもないという彼の精神の眼にほかならない。そういう心が風景をそのようにみえさせたというのではない。それは美学上の観念論にすぎないので、むしろ対象をはなれてどんな精神があるのかと私はいわねばならない。疑いなく、安吾はそのとき、すなわち昭和一三年頃取手にいたころ、「必要」という語にすべてが収斂されてしまうような内的経験のさなかにいた。そのさなかにおいては、彼は何一つ語りえなかった。彼が風景にめぐりあったのは、そういう失語の時代においてである。

小菅刑務所とドライアイスの工場。安吾がそれらをたんに美しいというより、「懐しい」とか「郷愁」ということばで表現していることに注意すべきである。もちろんそれは彼の実際の故郷と無関係である。だが、『日本文化私観』が書かれたのは、『文学のふるさと』の一年後であり、それらが密接に結びついていることを念頭におくならば、安吾がそれらの風景に見たのが、いわば「文学のふるさと」にほかならないことは明瞭であろう。

……毎日竹藪に雪の降る日々、嵯峨や嵐山の寺々をめぐり、清滝の奥や小倉山の墓地の奥まで当もなく踏みめぐったが、天龍寺も大覚寺も何か空虚な冷めたさをむしろ不快に思ったばかりで、一向に記憶に残らぬ。

……茫洋たる大海の孤独さや、沙漠の孤独さ、大森林や平原の孤独さに就て考えるとき、林泉の孤独さなどというものが、いかにヒネくれてみたところで、タカが知れていることを思い知らざるを得ない。

（『日本文化私観』）

『日本文化私観』には、実は、京都に滞在して『吹雪物語』を書きながら悪戦苦闘していた時期に見た風景と、そこから引きあげて利根川べりの町取手やその他の町を放浪している間に出会った風景の二つがあるだけだ。京都や奈良の建築に対する彼の嫌悪には、その当時の混迷のなかの自己への嫌悪が投影されており、また小菅刑務所やドライアイスの工場などへの「郷愁」には、痛苦にみちた自己発見が投影されているといっても過言ではない。『日本文化私観』はきわめて〝私的な〟エッセイであるが、それをそう感じさせないのは、彼の特異な資質や感受性がすでに思想として明確に対象化されているからだ。

『石の思い』のなかに、安吾が、北原武夫に風景のよい温泉はないかと尋ねられて、新鹿沢温泉を教えたところ、北原が憤慨して帰ってきたという話がある。それは「浅間高原にあり、ただ広茫たる涯のない草原で、樹木の影もないところ」だったからである。ところが、安吾は、「北原があまり本気にその風景の単調さを憎んでいるので、そのとき私は始めてびっくり気がついて、私の好む風景に一般性がないことを疑ぐりだしたのである」。

もしそうだとすれば、小菅刑務所やドライアイスの工場が気に入る彼の感受性は一般性をもたないということになり、そこから出立する彼の論理も一般性をもたないということになるだろう。むろんそれが特異感覚の誇示にとどまっているかぎり、そうであるほかはない。しかし、それらの単調で殺風景な形観に「懐しさ」をおぼえ、なぜそうなのかを考えていったはてに、彼はそれがもう「生存それ自体が孕んでいる絶対の孤独」であり、特異でも何でもなく、どんな思想も生活もそこから出発するほかない「ふるさと」であることを発見したのだ。これはロマン派の回帰する「ふるさと」でもなく、「故郷喪失」でもない。

安吾は「ふるさと」を発見する。だが、それは一切の〝人間的〟な親和性を寄せつけぬ、抽象的で無機的な世界である。彼はそこに根をおろす。「根」からいわば〝突き放された〟かたちで根をおろす。安吾が安吾として、「確信的な何か」をもってあらわれてくるのはそこからである。

2　自然について

川端康成の『美しい日本の私』を読んだとき、私は苛立ちを禁じえなかった。そして、ノーベル賞記念講演に、もし坂口安吾の『日本文化私観』のようなエッセイが読みあげられたとすればどうだろうという空想に耽ったのである。

数年前「日本人論」ブームがおこって以来、気にかかっていた疑問がある。それは、日本人あるいは日本文化とは何かを問うということは日本人にとってどういうことなのか、なぜだれのために問うのか、ということである。いうまでもなく外国人に知らせるためでない以上、それは自己認識のためであろう。だが、私にはそれは自己認識の作業とは思えない。自己認識は、なんらかの内的な拒絶、したがってなんらかの〝傷〟を伴わずにいないが、それらはどんな辛辣なものであっても、ただ快適に頭の中を通過するものでしかない。要するに、それは自己認識ではなくて、自己納得にすぎない。彼我の差異を理解することは大切だが、本当に重要なのはむしろ自分自身のプリンシプルをもつことではないのか。そして、自己認識とはまさにそのようなものだと私は思う。

坂口安吾は昭和一七年に、ブルーノ・タウトの『日本美の再発見』について次のように述べている。

然しながら、タウトが日本を発見し、その伝統の美を発見したことと、我々が日本の伝統を見失いながら、しかも現に日本人であることとの間には、タウトが全然思いもよらぬ距りがあった。即ち、タウトは日本を発見しなければならなかったが、我々は日本を発見するまでもなく、現に日本人なのだ。我々は古代文化を見失っているかも知れぬが、日本を見失う筈はない。日本精神とは何ぞや、そういうことを我々自身が論じる必要はないのである。説明づけられた精神から日本が生れる筈もなく、又、日本精神というものが説明づけられる筈もない。日本人の生活が健康でありさえすれば、日本そのものが健康だ。湾曲した短い足にズボンをはき、洋服をきて、チョコチョコ歩き、ダンスを踊り、畳をすてて、安物の椅子テーブルにふんぞり返って気取っている。それが欧米人の眼から見て滑稽千万であることと、我々自身がその便利に満足していることの間には、全然つながりが無いのである。彼等が我々を憐れみ笑う立場と、我々が生活しつつある立場には、根柢的に相違がある。我々の生活が正当な要求にもとづく限りは、彼等の憫笑が甚だ浅薄でしかないのである。

（『日本文化私観』）

ブルーノ・タウト自身はただ彼の内的要求に従っただけかもしれない。しかし、いずれにしても私にはあまり優秀な学者だとは思えない。というのは、彼にとって〝文化〟は実際の人間の生活とべつな何かであり、結局〝文化〟がみえても〝人間〟がみえない人のように思われるからだ。しかし、当時彼の著書が流行した事情は、今日の日本で日本人論や日本語論が流行している事情とさほど違わないような気がする。

われわれが現にそうであるところのものを説明しようとする試みには、つねにいかがわしいものが混じっている。私はそれを反省とはよばないし、自己認識ともよばない。私が何であるかは、私のなした行為以外に見出すことができない。ところが、右の問いに欠けているのはまさにその行動なのであって、ただ自分らしい像を作り上げて自己認識のふりをしているにすぎないのである。もとより私は学問研究についていっているのではなく、アイデンティティの追求といわれている日本論の流行現象にはおよそ怠惰な知性しかないことをいいたかっただけだ。

『日本文化私観』は、「日本文化」を論じたものではない。そこにあるのは安吾の自己省察だけだが、しかしそれ以外にどんな自己認識が可能であろうか。あるいは、それ以外に「日本文化」の認識がありうるのか、右のような文章をさしてこそ、アイデンティティの追求とよぶべきなのである。

*

たとえば『美しい日本の私』に書かれたような自然観を日本人の自然観とよぶことができるだろうか。実際『古今集』以後の日本の文学的伝統をみるかぎり、そういってよいように思われる。だが、それはあくまで「文人」による伝統であり、しかも漢文学の影響にもとづくものである。それはむしろ専ら文学的教養によって育まれたものだといわねばならない。永井荷風はいっている。《梅花を見て興を催すには漢文と和歌俳句の素養が必要になつて来る。されば現代の人が過去の東洋文学を顧みぬやうになるに従つて梅花の閑却されるのは当然の事であらう》（『葛飾土産』）。

しかし、同じことがヨーロッパの自然観についてもいえる。アメリカの中西部の荒地を経めぐって労働していたエリック・ホッファーは、次のように述べている。

大人になってからというもの、私は、自然がいかにわれわれを助け導くか、いかに厳しい母のように人間を突いたり押したりして彼女の賢明な意図を実現しようとするかなどと聞かされるたびに反撥をおぼえてきた。十八才の時以来の移動労働者として、私は自然を意地の悪いもの、無愛想なものと知っていたのである。休もうとして土の上に身体をのばすと、自然はそのかたい指の関節を私の脇腹に押しつけてきたし、私を立ちのかせるために虫やいがやえのころ草をつかわしもした。砂金鉱夫をしていたときは、細流《クリーク》へ出る道をみつけるために道路を外れるたびに、ひかげのかずら、こけもも、うるしの総攻撃にあわされた。自然とじかに触れあうということは、ほとんどいつもすり傷、咬み傷、やぶれた服、それに身体の穴という穴に食いこんでくる汚れを意味したのである。生を耐えうるものにするために、私は自分と自然とのあいだに防禦膜を張らねばならなかった。舗装道路に出ると、たとえ人里から何マイル遠ざかろうと、家に帰ったような気がしたものである。(中略)

私が読んだ本のほとんどすべてが崇敬の念をこめて自然を語っていた。自然は純粋で、無垢で、清浄で、健康によく、恵みぶかく、高尚な思想や気高い感情の源泉であるというのだ。作家は誰もが、「自然の申し子」であるようにみえた。こういう人たちは世俗の仕事に参与していないのだ、だから自然を身近に知らないのだろう、と私は臆測した。彼らになにか不満があるようにも思われた。というのは、彼らの自然讃美には人間および人間のつくったものに対する嫌悪が結びついていたからだ。彼らにとって、人間は侵害者、冒瀆者、改悪者であった。

(『現代という時代の気質』柄谷他訳、晶文社)

ここには徹底的に自然を嫌悪する人間がいる。そして、彼はヨーロッパの自然観が、〝人間化された〟温順な環境および文人 men of letters によって形成されたものでしかないことを批判している。文学は文学から生れるとすれば、ギリシャ・ローマの古典や旧約聖書の詩篇を範とした文学が、「自然を愛する」ことを自明の前提のようにしてきたことは不思議ではない。『リア王』のような作品はほとんど例外的なものである。

重要なのは、そのような自然観がもっぱら文人によるものだという点である。つまり、自然と直接に実践的に関係することのない人間にとって、自然は愛すべきものであり、その逆の人間にとっては、洋の東西を問わず自然はいまわしく恐るべきものと映っている。そして、自然が馴致され人間化されたとき、はじめて愛すべきものとみなされるのである。

大岡昇平の『俘虜記』や『野火』の「私」は、ジャングルのなかで、自然が途方もなく美しいと感じる。だが、それは彼が兵隊であることをやめ、生きのびることを諦めた瞬間である。兵隊であるあいだは、この熱帯の自然は格闘せねばならぬ相手であって、観照する相手ではありえない。「末期の眼」とは、世界を有用性あるいは道具（ハイデッガー）として見る日常的な意識が後退し、世界を実在そのものとして受けとめることだ。観照的に世界に向うかぎり、「末期の眼」が至上とされるのは当然である。それは生きている他者から孤絶し外界に対する完璧な受動性を保証するからである。

しかし、『俘虜記』の「私」はそれを分析せずにいない。自然と一体化した自分を、分析することによって引きはがそうとする。彼がそういう受動性に耐えられないのは、一つには彼をそこに追いつめたのは「自然」ではなく「国家」だったからだ。第二に、彼は明晰な意識家であり、しかも「文学的なもの」を嫌悪する意識家だったからだ。「末期の眼」の文学臭は彼にとってむしろ恥辱なのである。

『俘虜記』や『野火』が『暗夜行路』と基本的に異なるのは、しかし、何よりも主人公が熱帯の敵対的な自然のなかにおかれていることである。彼はそこでは自然に対して行動しなければならず、しかも決定的に無力である。文字通り彼は「考える葦」である。そこに原型的な問いかけが生じる。これは単なる限界状況ではない。自然 nature と人間 human nature の関係における限界状況である。

それを私が原型的とよんだのは、われわれがどんな自然観をもっていようと、根底にはむき出しになった自然と人間の関係があり、それが消滅することはありえないという意味においてである。

*

日本の自然は温和で美しいだろうか。たとえば山へ登ると、こんな所にもと思われるような奥地にも民家がある。わずかの平地を選んでひとが生活している。その風景はぼんやり眺めていると美しい。こんな所に住んでみたいとすら思う。しかし、柳田国男がいうように、彼らは土地を求めて上へ上へと移住してきたのである。その姿は温和な自然ではなく苛酷な自然に自分を適合させようとした姿であって、おらくその適合そのものが人間をいびつに歪めている。この適合には必ず精神の畸型的な矮小化がともなっており、その貧弱さを美しいというのは倒錯ではないのか。『枯淡の風格を排す』というとき、坂口安吾がいうのはそのことだ。

要するに、観照としてでなく、自然に、あるいは人間という自然に直接実践的に相渉っているかどうか、そこにすべてが依存している。夏目漱石は漢詩・南画の世界に親しんできた。しかし、彼がそれとは異質な世界に直面したのは必ずしも西洋文学を学んだからではない。たとえば、『道草』の主人公は、細君という human nature と格闘して疲労困憊し、また自らの内的な自然に対して怯えている。この作品は、女を冷徹に観照した作品に比べれば、俗悪であり美しくはない。しかし、明らかにこの作品は美しいといわねばならない。坂口安吾が『日本文化私観』で述べている「美」とはそのようなものである。

私が柳田国男に注目するのは、彼が日本の土着思想や常民の存在をとらえようとしたからではない。第一そんなものはありはしないのであって、重要なのは柳田があらゆる考察を「自然と人間」あるいは自然史的な視野の下になしたということである。

柳田は民俗学をやるようになったのは、飢饉をなくしたかったからだと語っている。私はこの回想を奇異に感じていた時期がある。しかし今ではそう思っていない。結局彼の学問のベースには、〝飢饉〟に象徴される自然と人間の関係への原型的考察があり、それは日本人の信仰心意を一つの内的な「自然」として解明しようとする試みをも、つつみこむように存在している。この二つは切りはなすことができないのである。だが逆に、今日、人類学には、あのルソー以来の自然観がつきまとっており、「自然と文化」という発想が一種のラディカリズムとして影響を与えている。これはヨーロッパの〝文人〟の発想であり、そのかぎり、けっして根底的《ラディカル》な思考たりえない。

全体「自然を愛する」といふ言葉は、日本では詩人で無い者も屢〻口にするが、自然は果して其様に愛すべきものかどうかも疑問である。ウオーレス博士の南島紀行を読んで見ると、緑の一色に蔽はれた熱帯諸島の寂寞を頻りに説いて居る。見渡す限り茫々とした樹海の中には、花も少なく鳥も蝶も其樹蔭に隠れて遊び、色の変化といふものが殆と無い。この単調なる自然は寧ろ人を圧迫すると謂つて居る。温帯の島には四時の推移があつて、秋の山の樹は染めて散り、春は又色々の芽出しを見せてくれるが、尚純然たる自然は余りにも力強い。人は我力を以て是に幾分の加減をして、所謂仁者の山を楽しみ、智者の水を楽しむことを得せしめたのである。我々の風景と名づくるものに、或程度までの人間交渉を条件としなかつたものは、昔から無かつたやうである。

（『豆の葉と太陽』）

自然は愛すべきものかどうか疑わしいと、柳田はいう。もっとはっきりさせれば、彼は自然は愛すべきものではないといっているのだ。柳田は文人の自然観をまったくまぬかれている。彼は文人の紀行文が日本人に与えた悪影響、つまり名勝はどこかよそにあり自分たちの住む周辺にはないという固定観念をくつがえそうとするのだが、そこには、風景は「人間が作る」ものであり、人間が愛する自然とは人間化された自然なのだという考えがある。坂口安吾もこういっている。《日本文学は風景の美にあこがれる。然し、人間にとって、人間ほど美しいものがある筈はなく、人間にとっては人間が全部のものだ》(『デカダン文学論』)。

つまり柳田は自然に対して、観照的にでなく実践的に向かいあっているのであって、この姿勢を、われわれは軽率に近代的合理主義などという名でよぶわけにはいかない。「余りにも力強い」自然への畏怖に、彼の合理的実践の衝動があったからである。

「自然に還れ」という声はつねに文人から出てきたものである。しかし、たとえば汚染をもたらしたのは、自然を征服しようとする技術・工業・近代文明の行き過ぎなどではない。自然をエコロジカルな連関においてとらえることのできなかった技術的認識の欠如にすぎない。汚染の問題は、自然が依然として厄介な相手であること、「それに従うことによってしか支配できない」(ベーコン)ものであることを証している。

だが、もっと厄介なのは、内的な自然、モラリストがかつて情念《パッション》とよんだものである。ホッファーは、「人間のうちには原始的でどろどろしたものが常に存在しており、それを加工することによって、人間は人間的存在となる」といっている。人間は外的な自然に対して脆弱であるばかりでなく、内的な自然に対してさらに脆弱である。しかもこれに対しては、まだなんの技術らしい技術をもちあわせていない。したがって、「自然へ還れ」という文人の発想は、結局は情念に喰い荒された精神的未開化、すなわち「自然の回復」に帰結せざるをえない。

文人の自然観そのものにはむろん必然性がある。危険なのは、それが思想的な規範として立てられるときである。たとえば、今日のラディカリズムがその一つの理論的根拠とするマルクスの『経済学・哲学草稿』をとってもよい。これはむしろフォイエルバッハの自然=人間観に基づいており、マルクスはまもなくそれを嘲笑的に放棄した。わかりやすくいえば、彼はフォイエルバッハの文人的自然観を否定したのだ。どんなかたちであれ「自然」を規範とする思考は、結局自然と直接向いあった場所、そしてそこで自己自身と向いあった場所でなされる思考に比べれば、擬似的《シュードー》なものたらざるをえないのである。

＊

柳田の自然論の背後には、幼少時に飢饉を見聞した経験があったのかもしれない。坂口安吾については、私はなにか彼の〝資質〟というべきものを考えないわけにはいかない。すくなくとも、それは思想というよりは感受性にはじまっているからだ。

私は今日も尚、何よりも海が好きだ。単調な砂浜が好きだ。海岸にねころんで海と空を見ていると、私は一日ねころんでいても、何か心がみたされている。それは少年の頃否応なく心に植えつけられた私の心であり、ふるさとの情であったから。

私は然し、それを気付かずにいた。そして人間というものは誰でも海とか空とか砂漠とか高原とか、そういう涯のない虚しさを愛するのだろうと考えていた。私は山あり渓ありという山水の風景には心の慰まないたちであった。

（『石の思い』）

『野火』の作者にとってジャングルという環境は「国家権力の強制」によるものだが、安吾にとって、それは〝資質〟によるものである。彼には、単調で果てしのない虚しい空間がふさわしい。が、彼がそれ自体を本当に好んでいたとは思えない。むしろ生来彼が好んだのは、そんなぎりぎりの場所でものを考えるということである。そういう単調でインパーソナルな空間のなかで、ひとは裸にさせられる。裸になった人間が問う。何が必然《ネセシティ》であるか、と。荒野のなかで、イエスは神の口から出る言葉だけが必然であると答える。『野火』の兵隊が悩まされたのは、その声であるが、安吾においては見事なほどにそれが欠けている。彼にあらわれるのは、「必要《ネセシティ》」（欲望）という言葉である。だが、そこに私は安吾の誠実さをみるのである。

私は自分の病気中の経験から判断して、人間は（私は、と云う必要はないように思う）最も激しい孤独感に襲われたとき、最も好色になることを知った。私は、思うに、孤独感の最も激しいものは、意志力を失いつつある時に起り、意志力を失うことは抑制力を失うことでもあって、同時に最も好色になるのではないかと思った。

最後のギリギリのところで、孤独感と好色が、ただ二つだけ残されて、めざましく併存するということは、人間の孤独感というものが、人間を嫌うことからこずに、人間を愛することから由来していることを語ってくれているように思う。人間を愛すな、といったって、そうはいかない。どの人間かも分らない。たぶん、そうではなくて、ただ人間というものを愛し、そこから離れることのできないのが人間なのではあるまいか。

それは人間を嫌ったツモリで山の奥へ遁世したところで断ちきることのできない性質のものである。自分とのあらゆる現実的なツナガリを、無関心という根柢の上へきずいたツモリで、そして、そうすることによって人間を突き放したツモリでも、そうさせているものが、又、何物であるか、実は自覚し得ざる人間愛、どうしても我々に断ちがたい宿命のアヤツリ糸の仕業でないと言いきれようか。

私は、そして、最もめざましい孤独感や絶望感のときに、ただ好色、もっと適切な言葉で言って、ただ助平になるということについて考えて、結局、肉慾というものは、人間のぬきさしならぬオモチャではないかと思った。

（中略）それは、しかし、悲しいオモチャだ。ギリギリの最後のところで、顔をだすオモチャ。宿命的なオモチャであり、ぬきさしならぬオモチャだから。（『我が人生観』）

人間は孤独であり、しかも本当に孤独であることもできない。極端に孤独になると好色になるという安吾の〝発見〟が独特なのは、そこに「神と人間」という視点をまったく導入せずに、ただ「自然と人間」という視点のみから到達したことである。人間と人間の結びつきを社会とよぶならば、安吾は社会を自然の側から考えようとする。すると、社会は自然と対立するものではなく、自然が人間に強いるカラクリにほかならない。重要なのは、社会を相対化する視点を超越神からではなく自然そのものから導いてきたことであって、そこにはどんなフィクションも介在していない。

人間は本当に孤独であることができない。それは人間は本当に「堕ちきる」ことができないという『堕落論』の言葉と対応している。そして、『堕落論』の基調となっているのは、むしろ悲しげな眼である。

> 生々流転、無限なる人間の永遠の未来に対して、我々の一生などは露の命であるにすぎず、その我々が絶対不変の制度だの永遠の幸福を云々し未来に対して約束するなどチョコザイ千万なナンセンスにすぎない。無限又永遠の時間に対して、その人間の進化に対して、恐るべき冒瀆ではないか。我々の為しうることは、ただ、少しづつ良くなれ、ということで、人間の堕落の限界も、実は案外、その程度でしか有り得ない。人は無限に堕ちきれるほど堅牢な精神にめぐまれていない。何物かカラクリにたよって落下をくいとめずにいられなくなるであろう。そのカラクリを、つくり、そのカラクリをくずし、そして人間はすすむ。堕落は制度の母胎であり、そのせつない人間の実相を我々は先ず最もきびしく見つめることが必要なだけだ。
>
> (『続堕落論』)

これはコミュニストを批判する文章の一節であるが、私には後期マルクスの自然史的考察とさほど異っているとは思えない。ただそれを「せつない」と表明してやまないところに、たとえば花田清輝のようにそうした抒情性を必死に隠そうとした人との差異がある。安吾がまぬかれていたのは、神を否定しながら「人間」のなかにそれを内在させたヒューマニズムである。彼には、「あまりに力強い自然」が人間にカラクリを強いる様がみえた。そこで人間がなしうることは、「ただ、少しづつ良くなれということ」以外にはない。一挙に「良くなれ」という幻想は、逆に「悪くなる」ことしかもたらさないからである。

安吾が「無頼派」であり、あらゆる形骸の破壊を主張しながら、政治的な保守派であったことは、同時代者の眼に不審に映ったようである。しかし、彼がつねに見ていたのは、nature のなかでの human nature であって、その条件の苛酷さが「人間の勝利」を性急に説く者たちと折り合うことを許さなかったのである。

＊

戦時中の作品『鉄砲』のなかで、彼は書いている。《今我々に必要なのは信長の精神である。飛行機をつくれ。それのみが勝つ道だ》。これは「精神主義」の支配するなかで吐かれた言葉である。

信長は、鉄砲が一発撃てばおしまいで結局戦争の役に立たないと速断した名将たちのなかで、それを三段構えにして次々と連続的に撃たせるという「技術」を発明した。この発明が彼に群雄を抑えて勝利をもたらした。《信長の天下は、鉄砲の威力によって得ることの出来た天下であったが、鉄砲を利用し得た信長は偶然の寵児ではなかったのである。つとに鉄砲を知った信玄が利用に気付かず滅亡し、各地の諸豪鉄砲を知らぬ者はなかったが、之を真に利用し得る識見と手腕は信長のみのものだった》(『鉄砲』)。

実際、問題は物質力にあるのではなかった。物質力は結果であって、安吾の考えでは、彼らの闘いはただ思考の闘いにほかならなかった。戦国時代は力のみの争いであるが、本当は思考の力の争いなのだ。信長は無力である。強敵に囲まれているばかりでなく、内部的にも敵ばかりである。むしろ彼は周囲が敵であることを自明の前提として好んでいたようにみえる。いいかえれば信長は敵対的な自然のなかで無力な一生存として必死に考え、行動することを徹底したのである。

彼が相手にするのは自然であって、人間ではない。人間を動かすのはある意味で容易なことだ。呪術的な言葉、「精神主義」的なスローガンがあればよい。しかし、自然を動かすには、ただ「自然に従うことで自然を支配する」技術以外にはありえない。信長が、望むと望まざるとにかかわらずおかれていた状況が、彼にすべての伝統的な力からはなれたところで、思考することを強いる。信長という「自然児」は、自然の悪意のなかで育ったのである。

このような信長像を見出したのは安吾が最初であり、勝海舟を認めたのも彼がはじめてであるといってよい。それは彼自身が身をおいていた場所にほかならなかった。

たとえば、『日本文化私観』のなかに次のようなエピソードがある。彼がアテネ・フランセへ通学していたころ、パーティのスピーチで、突然コットという先生が、死んだクレマンソーについて沈痛な追悼演説をはじめた。彼はふだんヴォルテール流の「ニヒリストで無神論者」であったから、安吾はそれを冗談だと思って聞いていたが、本気であることがわかると呆気にとられ、思わず笑い出してしまう。

その時の先生の眼を僕は生涯忘れることができない。先生は、殺しても尚あきたりぬ血に飢えた憎悪を凝らして、僕を睨んだのだ。

このような眼は日本人には無いのである。僕は一度もこのような眼を日本人に見たことはなかった。その後も特に意識して注意したが、一度も出会ったことがない。つまり、このような憎悪が、日本人には無いのである。三国志に於ける憎悪、チャタレイ夫人の恋人に於ける憎悪、血に飢え、八ツ裂にしても尚あき足りぬという憎しみは日本人には殆どない。昨日の敵は今日の友という甘さが、むしろ日本人に共有の感情だ。凡そ仇討にふさわしくない自分達であることを、恐らく多くの日本人が痛感しているに相違ない。長年月にわたって徹底的に憎み通すことすら不可能にちかく、せいぜい「食いつきそうな」眼付ぐらいが限界なのである。

伝統とか、国民性とよばれるものにも、時として、このような欺瞞が隠されている。凡そ自分の性情にうらはらな習慣や伝統を、恰も生来の希願のように背負わなければならないのである。だから、昔日本に行われていたことが、昔行われていたために、日本本来のものだということは成立たない。

（『日本文化私観』）

安吾の考察が敗戦後に適中したことはいうまでもない。「鬼畜米英」はただちにあとかたもなく消えうせたからである。ふりかえってみて、私は彼の直観のするどさに驚かざるをえない。しかし、これはいうまでもなく「日本人論」ではなく、安吾が他者あるいは現実を見出すあり方なのである。私が注目するのは、コット先生の憎悪の眼を一〇年経っても忘れていない安吾の意識である。執拗なのは、コット先生ではなくむしろ彼の方だったかも知れない。むろん彼は罪意識をもっているのではない。彼はただ「突き放された」ことをおぼえていただけだ。彼は謝罪するつもりはないし、赦罪されるとも思っていない。憎悪をすぐに忘れてしまうことと、たやすく赦しを乞うことは表裏一体であって、要するに、贖罪とか罪意識といったものがただ一方的な思いいれにすぎない場所を、安吾はみていたのだ。それは人間と人間との間に拭いがたい悪意が存在すること、そういう「自然」状態が根底に存することを承認することである。おそらく徹底的に憎みとおす人間がいるところでこそ、「赦す」思想すなわちキリストが不可欠なのかもしれない。安吾が歴史小説に、しかも政治的人間を書くことに傾斜したのは、そこに彼と同じ認識を持った、というより現実に持つことを強いられた人々がいたからである。

「飛行機をつくれ」というのは、一つの比喩である。彼の眼に、この戦争は正義と正義の争いとしてではなく、自然史の一環として映じていた。戦争と平和の区別は厳密には存在しない。「大東亜共栄圏」や「鬼畜米英」がウソッパチなら、「民主主義」も「反戦平和」もウソッパチである。それらは〝言葉〟である。だが、何よりも言葉こそ人間を支配するものなのである。

「飛行機をつくれ」という安吾の言葉は、「山を動かす技術があるところでは、山を動かす信仰は要らない」というエリック・ホッファーの言葉を想起させる。山を動かす信仰とは文字通り山と呪術的に闘うことであり、結果的にはただ人間を〝言葉〟で動かすことであるが、山を動かす技術はたんに自然を認識しその力を利用することである。そして、「山を動かす技術」をもたぬところでこそ、「山を動かす信仰」が人を支配するのだ。

安吾にとって、戦後のコミュニストは戦時イデオローグと同質であり（事実上同じ人間ですらあった）、相変らぬ「精神主義」者、山を動かす〝言葉〟をまきちらす知識人にすぎなかった。しかし、彼らに対する大方の批判は結局は似たりよったりとならざるをえない。もし自然と直接格闘する場所で考えることをしないならば、やはりわれわれはべつのカラクリのなかに閉じこめられるほかないのである。

＊

安吾が信長を〝発見〟したのは、実は彼のキリシタン研究の産物である。「私は近頃切支丹の書物ばかり読んでいる」（『篠笹の陰の顔』）と書いたのは昭和一五年であり、『日本文化私観』にもそれは投影されている。

彼のキリシタン研究についてはべつに論じるが、一つ重要なのは彼が現代のキリスト教やその信仰にはまったく関心をもっていなかったということである。ロヨラ、ザビエルらによって創始されたイエズス会は、その草創期のエネルギーを日本の地において最も有力に発揮したのだが、この時期のイエズス会はキリスト教史のなかでも特異なものである。

事実、正式に〝殉教者〟と呼ばれる者がこれほど大量に続出した時期はほかにない。キリスト教史のなかでも、それは『使徒行伝』の世界を再現するという意味において、ユダヤ教から受けついだ原型的な本質を露出した時期だといってもよいのである。

その意味において、安吾は、その関心が宗教にあるいは現代キリスト教になかったにもかかわらず、この宗教が根本的にもっている特性に関してはきわめて鋭敏だったということができる。彼はこの時期のイエズス会がもちえた影響力の本質を次のように考えている。

つまり、禅には禅の世界だけの約束というものがあるのでありまして、そういった約束の上に立って、論理を弄しているものなのであります。すべては、相互に前もって交されている約束があって始めて成り立つ世界なのであります。

例えば、「仏とは何ぞや?」と問いますと、

「無である」「それは、糞掻き棒である」とか云うのです。

お互いにそういった約束の上で分ったような顔をしておりますけれども、それは顔だけの話なんであります。分っているかどうかが分らないのであります。

ですから、実際のところは、仏というものは仏である、糞掻き棒は糞掻き棒である、というような尋常、マットウな論理の前に出ますというと、このような論理はまるで

役に立たないのであります。そして、このような一番当り前の論理の前に出まして、それを根本的に覆えすことの出来る力がどんなものだか、どこにあるかと云いますと、それは実践というものと思想というものが合一しておるところにしかないのでありま
す。

ところが、このような生き方は、禅僧にとってはまことに困難なのであります。それで、禅僧というものは、約束の上に立っている観念でだけものごとを考えているばかりでありまして、実践がない。悟りというようなものを観念の世界に模索しておるのでありますから、智力というものに頼ってはいても、実際の自分の力なるものがどのくらいあるのか、分っておる人間はいないのであります。ですから、カトリックの坊さんのように、実践ということに全べてを賭けている宗教家、その実際的な行動の前には、禅僧は非常に脅威を感じるのであります。自分の実力のなさ、みすぼらしさを感じるわけであります。そうして、禅宗を信じる者が、僧侶でありながらカトリック教へ転向するということが、大いに流行したのであります。それは、今日、われわれが想像いたしますよりも、遥かに多数なのであります。

(『ヨーロッパ的性格、ニッポン的性格』)

これは東洋大学に入って坊主になろうとしたが途中でやめてしまった安吾の経験を反映しているといえる。しかし、またこのとき禅宗の僧侶をとらえたものは、古代ローマ帝国の後期に〝賢者〟的哲学者らをとらえたものに似ているともいえる。それは実践的な思想、いいかえれば観照と無為に極端に対立する能動的な生存意欲である。それは非合理的なものであり、〝賢者〟にとっては愚かにみえたかもしれない。だが、彼らはこの愚かしい論理に結局は屈するほかなかった。

『日本文化私観』のなかで、安吾はすでにこういっていた。《蓋し、林泉や茶室というものは、禅坊主の悟りと同じことで、禅的な仮説の上に建設された空中楼閣なのである。仏とは何ぞや、という。答えて、糞カキベラだという。庭に一つの石を置いて、これは糞カキベラでもあるが、又、仏でもある、という》(『日本文化私観』傍点原文)。ところが、それは糞カキベラは糞カキベラだといわれてしまえばおしまいで、当り前のことを当り前にいう論理に勝つことはできない。どんな高尚な論理も〝約束〟として成り立っているあいだはよいが、単純で粗野であっても当り前のことを当り前にみとめる論理には結局敗れざるをえないのだ。

なぜなら当り前のことを当り前にいうキリシタンの側は、たんに経験的事実をいっているのではなく、〝約束〟の外にある《現実》に直面しようとしているからである。人間に対しては〝約束〟は有効だが、自然に対しては無効である。禅宗側が屈服せざるをえないのは、キリシタン側が相手にする自然がいわば砂漠でありそこで問いつめてきたのに対して、彼らはいわばちっぽけな山水を前にして難解なことをいっていたにすぎないからだ。

はるばると命がけでやってきたキリシタンの実践的情熱に、彼らは抗しようがない。キリシタン側の非合理主義と禅宗の非合理主義は似て非なるものだ。前者の非合理主義は、自然と和解することへの拒絶に根ざしており、それはそのまま合理的実践に転化しうるからである。坂口安吾の共感は信仰にはなかった。ただ彼は、合理的であるためには、およそ非合理的な情熱を要するということを、キリシタンのなかにみとめた。むろん信長のなかにもみとめた。しかし彼が、実践の合理化にすぎぬ近代的合理主義なるものと無縁であったことはいうまでもないのである。

安吾はわれわれの「ふるさと」である

安吾はいつ読んでも面白く新しい。そしてあらゆる領域において新鮮である。今日の読者は、たとえばその小説・物語に中上健次、批評に花田清輝、歴史小説に司馬遼太郎の先祖を見出すだろう。また、日本古代史に対する彼の洞察は今なお驚嘆に値する。しかもなお、安吾のテクストはまだほとんど汲みつくされていない「可能性」として活きている。安吾はつねに過激であり未完成である。というより、彼は完成とか成熟といった制度的な観念と無縁であった。この「未完成」が、いかなる「完成」にもまして、われわれを刺戟し挑発しつづけている。知的であることと肉体的であること、倫理的であることと超倫理的《アモラル》であること、地を這うことと天翔けること、西洋的であることと東洋的であることと、文学的であることと反文学的であること、そうした両極性が安吾のテクストほどにダイナミックに統合されている例を私は知らない。

なぜそうなのか。ヴァレリーがある一つの事柄で新たな視野をひらいた者は一挙に多方面の事柄がみえるといったように、おそらくそれは安吾が敢行した「知的クーデター」からくるのであり、彼自身がそれを「文学のふるさと」とよんでいる。つまり懐しいものではなく、われわれをたえず冷酷につきはなすような「ふるさと」。そして、その意味で、安吾はわれわれの「ふるさと」である。

堕落について

私は『日本文化私観』を戦後に書かれたと錯覚していた時期があったが、『堕落論』にはそのような誤解の余地はない。冒頭の有名な一節は、まぎれもなく「戦後」そのものを指し示している。

半年のうちに世相は変った。醜《しこ》の御楯《みたて》といでたつ我は。大君のへにこそ死なめかへりみはせじ。若者達は花と散ったが、同じ彼等が生き残って闇屋となる。ももとせの命ねがはじいつの日か御楯とゆかん君とちぎりて。けなげな心情で男を送った女達も半年の月日のうちに夫君の位牌にぬかずくことも事務的になるばかりであろうし、やがて新たな面影を胸に宿すのも遠い日のことではない。人間が変ったのではない。人間は元来そういうものであり、変ったのは世相の上皮だけのことだ。

しかし、坂口安吾を一挙に時代のスポークスマンたらしめたこの『堕落論』は、逆の誤解を与える可能性がある。戦後の風俗や価値の紊乱がこの書を生み出したかのように、ひとは思うかもしれない。実際は、安吾は戦後の混乱などなにほどのことがあろうかといっているのだ。《人間は元来そういうものであり、変ったのは世相の上皮だけのことだ》。『堕落論』でいわれていることは、実はすでに『青春論』（昭和一七年）に書かれている。ただ、そこでは「堕落」ではなくて「淪落」という言葉が使われているが。

むろん「堕ちきるまで堕ちよ」という安吾の言葉が直接的に人の耳を打ったのは、それまでの道徳からみればまさに堕落でしかないような生活のなかに人が追い込まれていたからだ。しかし、安吾のいう「堕落」はそういう堕落とは異質である。「無頼派」といわれる安吾は、従来の文士がもつ無頼性とは無縁なのである。たとえば、安吾自身がある女性との「淪落」体験を決定的なもののごとく語っている。しかし、そのような体験はそれに先立つ彼の「知的クーデター」に一つの肉付けを与えたものにすぎない。

坂口安吾は永井荷風を「通俗作家」と呼んでいる。そこに、「関係や摩擦や葛藤を人間性の根柢から考究し独自な生き方を見出そうとする努力は本質的に欠如している」（「通俗作家　荷風」）がゆえにである。いいかえれば、そこに他者との関係が本来的に欠如しているがゆえに。安吾において、「堕落」とは他者との関係にさらされるということを意味する。だが、そういえば、再びありふれた倫理性が回復されてしまう。安吾の「堕落」がその言葉とはうらはらに倫理的であるということはたしかだが、そんなふうに気安く倫理といってはならない。

荷風は生れながらにして生家の多少の名誉と小金を持っていた人であった。そしてその彼の境遇が他によって脅かされることを憎む心情が彼のモラルの最後のものを決定しており、人間とは如何なるものか、人間は何を求め何を愛すか、そういう誠実な思考に身をささげたことはない。それどころか、自分の境遇の外にも色々の境遇がありその境遇からの思考があってそれが彼自らの境遇とその思考に対立しているという単純な事実に就てすらも考えていないのだ。（「通俗作家　荷風」）

安吾はいつも「人間」について語る。しかし、この「人間」は人間学的なものではないし、フーコーが「人間は死んだ」というあの人間でもない。「人間は変わらない」という安吾の「人間」は、構造ではなく構造以前のものである。それは「他なるもの」の経験そのものにほかならない。

荷風はいわゆる女を知り人間を知っているであろう。しかし、彼はついに関係を知らず、彼の自意識の外部にある「対立」（差異）を知らない。いいかえれば、「他なるもの」に出会わない。他なるものは、安吾の言葉でいえば、荷風が安住しているような内面や大事に抱えている自己を「突き放す」ものとしてのみあらわれる。彼はそれを「モラルをこえたもの」と呼んでいる（『文学のふるさと』）。つまり、「堕落」とは、モラルとインモラルの対立を突き抜けるような地点に「堕ちる」ことである。《モラルがないということ自体がモラルであると同じように、救いがないということ自体が救いであります》。

後者のモラルは、モラルと「モラルがない」ことを突き抜けるものであり、それら対立項にとって「他なるもの」であるような何かである。安吾はそのことをもっと別の言葉で語っていた。つまり、彼はその出発点において、「ノンセンス」や「ファルス」について語ったのである（「ピエロ伝道者」「FARCEに就て」昭和六年）。

ノンセンスとは、意味でも無意味でもなく、それらの外部であるような非意味である。それはマルクス主義（意味）からの転向において無意味（ニヒリズム）に直面した者たちが唱えた「シェストフ的不安」なるものとは異質である。安吾はそれよりも前に非意味から出立したのだ。「突き放される」こととは、この非意味の経験であり、「文学のふるさと」とはこの非意味なのである。先に私が「知的クーデター」（ヴァレリー）と呼んだのは、それが伝記的に知られうるような一切の経験とは別のところで敢行されたものだからである。

無意味は意味を要求する。意味と無意味は同一の回路なのだ。それゆえ、戦後文学はやがて「意味」を回復するにいたった。非意味にとどまったものはわずかである。安吾は『堕落論』をつぎの言葉で結んでいる。《堕ちきる道を堕ちきることによって、自分自身を発見し、救わなければならない。政治による救いなどは上皮だけの愚にもつかない物である》。むろんこれは政治の拒否や文学の自立などといったものではない。たとえば、安吾は「非意味」を政治のなかに見出した一人の左翼を目敏く発見している（「花田清輝論」）。

坂口安吾を戦後の風俗から切り離してみなければならない。だが、それは歴史性を捨象することを意味するのではない。彼は「昭和」の精神的危機をその最深部においてくぐってきたのであり、われわれはたぶん上げ底にしか立っていない。今日ではノンセンスや道化は流行り言葉である。しかし、「日本のナンセンス文学は、まだナンセンスにさえならない」という安吾の言葉は、今もあてはまる。安吾にとって、ノンセンスが他者の体験にほかならないことに注意しなければならない。すなわち、彼において知性上の問題がそのまま倫理的な問題であり、その逆も真である。そういうことを知らないノンセンスや笑いはついに「世相の上皮」にとどまるほかない。

堕落といえば、ハイデッガーに於いてもその言葉（Verfall）はひとつのキー・ワードである。それは「死にかかわる存在」としての本来性から日常性に逃避することを意味する。安吾に比べれば、それはむしろふつうの意味で使われている。むろんハイデッガーも「死にかかわる存在」に非意味性を見出している。それは無意味（ニヒリズム）ではない。彼にとっては、キリスト教（意味）でさえも、すでにニヒリズムの一形態なのだ。そのような意味＝無意味の回路から出る道はいわば非意味であり、彼はそれを「存在」と呼んでいる。しかし、彼にとって現存在（実存）は本来的に「共同存在」である。意味と無意味をこえることは、そのような本来性としての「共同存在」に向かうことになる。これは、ゲルマン的共同体、具体的にいえばナチス（その農本主義的一派）にコミットすることにほかならなかった。

　ハイデッガーにおいては、レヴィナスがいったように、他者があるいは他者の他者性が決定的に欠けていた。安吾の「堕落」は、まさにそのような共同存在から「堕ちる」ことであり、逆に他者との関係性のなかに「突き放されて」あることを含意するのである。そのことが、安吾にとって、変わることがない「人間」の本来性である。

坂口安吾のアナキズム

戦時中、坂口安吾は「現代文学」という同人雑誌に加わり、大井広介、平野謙、荒正人、本多秋五、埴谷雄高といった人たちと交友していた。それを通じて花田清輝のことも知っていた。安吾はもちろん、彼らがもと共産党員あるいはそのシンパサイザーであることを知っていた。が、そのような人たちが安吾をどのように考えていたかというと、おおよそ理解を超えていたというほかない。たとえば、安吾は次のように回想している。

戦争中のことであったが、私は平野謙にこう訊かれたことがあった。私の青年期に左翼運動から思想の動揺を受けなかったか、というのだ。私はこのとき、いともアッサリと、受けませんでした、と答えたものだ。

受けなかったと言い切れば、たしかにそんなものでもある。もとより青年たる者が時代の流行に無関心でいられる筈のものではない。その関心はすべてこれ動揺の種類であるが、この動揺の一つに就て語るには時代のすべての関心に関聯して語らなければならない性質のもので、一つだけ切り離すと、いびつなものになり易い。

私があまりアッサリと動揺は受けませんでした、と言い切ったものだから、平野謙は苦笑のていであったが、これは彼の質問が無理だ。した、しなかった、私はどちらを言うこともでき、そのどちらも、そう言いきれば、そういうようなものだった。

（「暗い青春」『全集』05巻、二一二頁。以下引用は『坂口安吾全集』に拠る）


平野謙がそんな質問をしたのは、たぶん、安吾とつきあっているうちに自分らと同類であろうと思いこんだからだろう。それは誤解であったが、まったくの誤解でもない。安吾は戦争中に左翼とつきあい始めたのではなく、「処女作前後」からつねに左翼とつきあっていたのである。たとえば、彼は若い頃、アテネ・フランセで知り合った、芥川龍之介の甥、葛巻義敏と一緒に同人誌をやっており、自殺した芥川の書斎を編集室に使っていた。そこには中野重治などが来たりしていたし、葛巻自身が左傾化し留置されたりしていた。その意味で、安吾は昭和初期から左翼文学運動の中心に近いところにいたのである。

しかし、安吾と彼らの間には埋めようのない隔たりがあった。この隔たりは、平野が推測するようなものとは違っている。平野謙らのグループは、一方でボルシェヴィズムを認め、他方で、それに対して文学あるいは個人的な主体性を対置するというタイプの人たちからなっていた。そのことは、彼らが戦後に雑誌「近代文学」を創始したことからも明らかである。だが、安吾はその点で違っていた。ボルシェヴィズムをまったく認めていなかったからである。

私は共産主義は嫌いであった。彼は自らの絶対、自らの永遠、自らの真理を信じているからであった。

（中略）

政治とか社会制度は常に一時的なもの、他より良きものに置き換えらるべき進化の一段階であることを自覚さるべき性質のもので、政治はただ現実の欠陥を修繕訂正する実際の施策で足りる。政治は無限の訂正だ。

その各々の訂正が常に時代の正義であればよろしいので、政治が正義であるために必要欠くべからざる根柢の一事は、ただ、各人の自由の確立ということだけだ。

自らのみの絶対を信じ不変永遠を信じる政治は自由を裏切るものであり、進化に反逆するものだ。

私は革命、武力の手段を嫌う。革命に訴えても実現されねばならぬことは、ただ一つ、自由の確立ということだけ。
私にとって必要なのは、政治ではなく、先ず自ら自由人たれということであった。然し、私が政治に就てこう考えたのは、このときが始めてではなく、私にとって政治が問題になったとき、かなり久しい以前から、こう考えていた筈であった。だが、人の心は理論によってのみ動くものではなかった。矛盾撞着。私の共産主義への動揺は、あるいは最も多く主義者の「勇気」ある踏み切りに就てではなかったかと思う。ヒロイズムは青年にとって理智的にも盲目的にも蔑まれつつ、あこがれられるものであった。

（「暗い青春」05巻、二二三－二二四頁）

こうした言い方もまた、もう一つの誤解を生む。つまり、それは、安吾が左翼の一歩手前にいた、非政治的な文学青年であったかのように思わせる。しかし、私の考えでは、安吾は早くから左翼であった。ただ、「共産主義」（ボルシェヴィズム）を拒否するような左翼であったのだ。「私にとって必要なのは、政治ではなく、先ず自ら自由人たれということであった」と安吾はいう。しかし、「自ら自由人たれ」ということは非政治的ではない。「自ら自由人たれ」ということを核とする政治思想があるのだ。いうまでもなくアナキズムである。

安吾はアナキストである、といえば、ひとは驚かないだろう。ひとがアナキズムに対してもっているイメージにぴったり合致するからだ。アナキズムとは、反秩序・反権力であり、混沌を渇望し、偶像破壊的であることを意味する。その意味でなら、文士や芸術家の多くは自らをアナキストとみなしてきたといえる。そして、最初から「ファルス」を唱え、「無頼派」と呼ばれた安吾は、その放浪や奇矯且つ奔放な振る舞いにおいて、際立っている。だが、私がいいたいのは、そのような意味でのアナキズムではない。安吾のアナキズムは一つの明瞭な政治思想であった、と私は考える。少なくとも、そう考えたときに、これまで矛盾に満ち錯綜してみえた安吾の全発言がコンシステントに見えてくるのである。安吾は「先ず自由人たれ」という。だが、自由は、他人の自由を犠牲にすることによってはありえない。具体的にいえば、自由は必然的に平等を要請するのである。ルソーが『人間不平等起原論』を書いたのはそのためである。そして、カントがいう道徳法則、すなわち、「他者をたんに手段としてのみならず、同時に目的として扱え」という道徳法則には、それが正確に書き込まれている。これは「他者を手段としてではなく、目的として扱え」という意味ではない。他者を手段として扱うことは避けられない。ただ、そのとき、同時に他者を目的（自由な存在）として扱うようにすべきだというのである。これはたんに主観的な道徳論ではなく、他人を労働させることによって成り立つ古代国家から資本主義にいたるまでの生産様式に対する批判をはらんでいる。だから、新カント派の哲学者コーヘンは、カントにドイツにおける社会主義の最初の表明を見たのである。

この場合、注意すべきなのは、自由のために平等が要請されるということである。平等が必要であるとしても、それが自由を犠牲にするということはあってはならない。だが、それがフランス革命で生じた。フランス革命では自由・平等・友愛が唱えられた。その場合、平等を、法の前での平等という空疎な形態で終わらせようとしたのがジロンド派であり、それを文字通り実現しようとしたのが、ジャコバン派（ロベスピエール）である。彼らがもたらしたのは「恐怖政治」、つまり、自由の対極である。一七九四年に、ロベスピエールらは「テルミドールの反動」によって処刑された。しかし、それ以後に、バブーフはサンキュロットと呼ばれた労働者階級を基盤にしてより具体的に「共産主義」を追求し、武力革命による政権奪取を試みた。一七九七年にその陰謀が発覚して処刑されたが、約一万八千人の共鳴者がいたという。

一九世紀の社会主義思想は、この自由、平等、友愛という異質な三つの要素の中で、そのどれに力点をおくかによって区別されるといってよい。坂本慶一はそれをつぎのようにまとめている。

近代フランスにおける革命思想とユートピアの流れを概観するとき、つぎのことが明らかとなる。すなわち、平等主義の立場をつらぬく思想家たちは、総じて急進的であり、疎外の実態を冷静に分析するよりは、それを克服するための実践的方法を探り、未来の平等社会のユートピアを描くのに熱心である。バブーフ、ブランキ、デザミらがそれである。これに対して、自由に力点を置く人々は、かれらの思想が客観的に果たした革命的役割にもかかわらず、主観的には革命を拒否する。フランス革命のさいのにがい経験によって、生涯、革命を嫌悪したフーリエ、暴力革命よりはむしろ独裁をえらぶとしたサン・シモンがそれである。プルードンにおいては、自由と平等とは、正義とともに、三位一体の関係にあるが、かれも武力革命を否定し、漸進的、永続的革命を主唱した。（中略）フランス革命によってつけ加えられたもう一つのスローガンである友愛を強調する思想家たちは、キリスト教の影響を受けていっそう穏健であり、武力革命を否定し、理想社会への平和的移行について楽観的な期待をいだいた。カベ、ルルー、ペクールらがそれであり、またアンファンタンやコンシデランにもそのような傾向が認められる。自由・平等・友愛の調和を説いたブランも、本質的にはこの系統に属するといってよかろう。

（『マルクス主義とユートピア』紀伊国屋書店、一九七〇年、五〇－五一頁）

この中で、アナキズムを鮮明な社会的原理にしたのは、プルードン（一八〇九－六五）である。彼にとって、「アナルシー」は混沌や混乱ではなく、一つの秩序あるいは一つの統治形態（自己統治）である。秩序とアナルシーは通常の意味では対立概念であるが、両者を対立させるのは、国家などによって監督され、支配されることになれ切った人間の偏見のせいであり、この偏見を拭い去ったとき、「アナルシーこそ最高の秩序である」ことが理解されるだろうと、プルードンは断言する（『連合の原理』）。彼はジャコバン派的な政治革命を否定した。どんな民主主義的なものであれ、政治権力は結局専制的な権力となるからだ。彼は「国家のない社会主義」を目指した。具体的にいえば、それはアソシエーション（生産者協同組合）、信用銀行の設立、利子の廃止といった経済システムによって、資本と国家を徐々に死滅させるというものである。

それに対して、ブランキ（一八〇五－八一）は一見したところ、バブーフを受け継ぐようにみえるが、彼は農業共産主義的なバブーフと異なり、むしろ、プルードンのアナキズム（アソシエーショニズム）を受け入れていた。しかし、どのようにそれを実現させるかという所で、プルードンと分かれる。政治的権力にかかわらないような革命はありえない、とブランキは考えた。彼はそのためには、暫定的に、少数者による武力蜂起とプロレタリア独裁が必要だと考えたのである。

ちなみに、一八四八年の時点で、マルクスとエンゲルスは、完全にブランキストであったといってよい。一八五〇年にマルクスが述べた「永続革命」はそれを典型的に示している。マルクスはその後まもなくそれを撤回した。しかし、この観念は二〇世紀にいたって、ロシアのトロツキーやレーニンによって呼び戻され、マルクス主義として正当化されたのである。一九一七年の十月、クーデターによって、彼らは権力を握った。彼らのボルシェヴィズムとは、まさにジャコバン主義の再版であり、同様の「恐怖政治」をもたらしたのである。彼らは性急に「平等」を実現しようとして「自由」を犠牲にしただけでなく、実は「平等」さえもたらさなかった。

これはアナキストにとっては、最初から明白なことであった。たとえば、日本では、大杉栄ははじめロシア革命を労働者・農民の革命として支持したが、まもなくその正体に気づいて否定にまわった。しかし、日本ではロシア革命以後、ボルシェヴィズムが圧倒的な支持を集めた。その結果、それまでアナキスト的な傾向をもった人たちもボルシェヴィズムに転向した。その中には、戦時中、安吾と一緒に同人誌「現代文学」にいた埴谷雄高がいる。アナキストであった埴谷は、レーニンの『国家と革命』を読んで、暫定的に国家権力を奪取することの必要を認め、入党したという。しかし、一九二〇年代以後、多くの人たちにとって、「左翼運動」とは共産党の運動のことを意味した。先の平野謙の逸話が示すように、彼らは共産党とは別の左翼運動があること、そして安吾がその流れの中にあるということを考えもしなかったのである。彼らから見れば、安吾は反政治的で保守的であるようにみえた。

社会機構の革命は一日にして行われるが、人間の変革はそうは行かない。遠くギリシャに於て確立の一歩を踏みだした人間性というものが今日も尚殆ど変革を示しておらず、進歩の跡も見られない。社会組織の革命によって我々がどういう制服を着るにしても、人間性は変化せず、人間性に於て変りのない限り、人生の真実の幸福は決して社会組織や制服から生みだされるものではないのである。
（中略）為政家が社会制度のみを考えて人間性を忘れるなら、制度は必ず人間によって復讐せられ、欠点を暴露する。
（「咢堂小論」04巻、六－七頁）

これはしばしば保守派によって説かれる議論に似ている。しかし、これは政治革命に反対するプルードンと同じ意見なのである。こうした漸進主義的な外見が、それが政治思想としてのアナキズムであることを隠し、ただ文学的な「無頼派」の面のみを目立たせたのである。戦前には、安吾はアナキズムに関してほとんど言及しなかったが、豊山中学の時代に社会主義（アナキズム）に触れていた事実をさりげなく語っている。彼は「私はただ過剰すぎる少年の夢をもてあまし、学校の規律にはどうしても服しきれない本能的な反抗癖と怠け癖とによって、日毎に学業を怠ることに専念し、当時からすでに実際は発狂していた沢辺という秀才や白眼道人の甥などを誘い、神楽坂の紅屋や護国寺門前の鈴蘭という当時社会主義者の群れが入り浸ったまっくらな喫茶店で学校の終る時間まで過して」いたという[注1]（「女占師の前にて」『文学界』昭和一三年一月号。02巻、一九七頁）。

しかし、アナキストの側から見れば、安吾に同類を見いだすことはさほど困難ではなかったようである。たとえば、菊岡久利は「わが文学的交友録」の一節で、「岡本潤は、僕と會つて、三度ほど續けて坂口安吾の書くものをほめた。すると大阪の小野十三郎のところからハガキが來て、坂口安吾の書いたものをほめて來た。うれしかつた」と述べている（『現代文學』昭和一七年一〇月号）。岡本潤も小野十三郎もアナキストであることはいうまでもない。安吾とアナキストの交流関係は、一九三三年に書かれた手紙からも明らかである。

石川啄木の小説を読みました。初期の作品は甚だ拙劣幼稚ですが、後期には勝れた作者の眼光があります。あの人の偉さは詩よりも小説の方でせうね。詩には已に行きつまつてゐますが、もう少し生かしておいて、小説を書かせたい人でした。とにかく、あの烈々たる反抗精神、天を呑む気概には痛切に打たれたのです。北国なる渋民村は近頃ふるさとのやうな気がするのです。泪を流し、拳を握り、身にあまる感情を自ら作曲して、歌ふ少年教師がゐます。どうせ感情は人に最も稚拙なのです。芸術家は人間として稚拙なのです。それでいい。さうして、僕にとつて、少年の稚拙さを失はないことは、寧ろ唯一の誇りだと思ふのです。初めて辻潤と知りあつた時、一夜夜の白むまで町から町を彷徨つたことがありましたが、芸術家は少年の心を失つてはならないのだといふ私の言葉に、彼は、自分は少年の心だけは失はなかつた、さうして、久遠なる母の姿だけは失はなかつたと言つて、五十の老人は泣いてしまつたことがありましたよ。たとひ辻潤がどのやうな愚行や愚作を書くにせよ、あの一夜の記憶は宝玉となつて一生の記憶に生きるでせう。感傷の波あふれた少年の心は、僕には、地上に於ける唯一の豪華に見えます。（矢田津世子宛礎書簡、昭和八年一一月一七日。16巻、八六頁）

石川啄木も社会主義者（アナキスト）だったといえるが、辻潤はシュティルナーの『唯一者とその所有』を翻訳した名だたるアナキストであった。[注2] もっと遡っていえば、安吾が翻訳紹介した作曲家エリック・サティもアナキストであった。むろん、こうした交流は文学の範囲にとどまるといえなくはない。しかし、戦後において、安吾はむしろこの種の文学的アナキズムを否定し、政治思想としてのアナキズムのスタンスを明確にしている。

ボクは天皇制そのものがなくならなきゃいかんと思っている。責任もくそも、どだい天皇制というものをボクは認めないんだ。共産党も嫌いだが、天皇制も嫌いでね。本当はアナーキズムが好きなんだよ。

但し今のアナーキスト連中は嫌いだね。日本のアナーキズムは辻潤のダダに通じていて、統一がない。アナーキでも統一がなければいけない。

（「スポーツ・文学・政治」『近代文学』昭和二四年一一月号。08巻、三二五－三二六頁）

安吾が「統一」というとき、この時期、たんに個人的なアナキズム（ダダイズム）ではなく、一定の組織（アソシエーション）を志向していたことを意味する。ともあれ、戦後の安吾のアナキズムは、天皇制批判と戦争放棄の新憲法支持において典型的に示されている。いうまでもなく、これらはたんに戦後の風潮に乗ったものではない。

真理や理想というものと、政治は、本来は違っている。政治は、あくまで、現実のものであり、真理や理想へ向っての、極めて微々たる一段階であるに過ぎない。それ以上であっては、いけないのである。

だから、政治に於ては、一時の方便的手段というものが、許されて然るべきものである。然し、天皇制の復活の如き場合は、まちがっている。（「戦争論」07巻、七九頁）

日本国民諸君、私は諸君に日本人、及び日本自体の堕落を叫ぶ。日本及び日本人は堕落しなければならぬと叫ぶ。

天皇制が存続し、かかる歴史的カラクリが日本の観念にからみ残って作用する限り、日本に人間の、人性の正しい開花はのぞむことができないのだ。人間の正しい光は永遠にとざされ、真の人間的幸福も、人間的苦悩も、すべて人間の真実なる姿は日本を訪れる時がないだろう。（「続堕落論」04巻、二七四頁）

安吾は天皇制の批判を死ぬまで執拗に続けた。彼の日本史研究、特に古代史研究はそのためになされたのである。とはいえ、こうした天皇制批判は必ずしもアナキズム一般の特徴ではない。一九三〇年代に、コミュニストの影に隠れて目立たなかったが、アナキストも同様に弾圧されて転向した。そのとき、指導的なアナキスト、岩佐作太郎や石川三四郎、萩原恭次郎などは、権藤成卿や橘孝三郎のような農本主義者の影響を受けて、天皇制を支持するにいたった。くわしくいうと、権藤成卿は、国家に対して「社稷」（共同体）という概念を対置し、明治以後はいうまでもなく、奈良時代の天皇制を「国家」につながるものとして否定した。その意味では、彼は一種のアナキストであった。とはいえ、彼は七世紀以前の天皇に、国家無き「社稷」の象徴的存在を見いだし、本来の天皇制をとりもどすことによって、国家無き社稷が実現できると考えたのである。転向したアナキストたちが依拠したのはそのような論理である。しかも、戦後になっても、石川三四郎はその意見を維持し、天皇の「人間宣言」に反対した。天皇制の下でのみアナキズムが可能だというのだ。

こうして、アナキストの多くは国家を否定するために、社稷的な共同体をもってきたのだが、実は、ロシアにおいてもヨーロッパにおいても同様のことが生じている。国家と区別される社稷（共同体）とともに、国家と区別されるネーション（民族）が必然的に出てくるのだ。日本においては、それが国家と区別されるネーションの象徴としての天皇であり、天皇制ファシズムである。ヨーロッパにおいても、アナキストの多くが転向してファシスト（民族社会主義者）になった。かくして、安吾のアナキズムは、たんに国家の否定にとどまらず、ネーションあるいは天皇制の基盤である「社稷」そのものへの批判に向かう。そして、安吾にとって、「社稷」をつきつめていくと「家」になる。後述するように、これは、彼の平和論においても鍵となるポイントである。

安吾は、戦後日本に二つの大革命——農地解放と戦争放棄の憲法——があったのに、左翼がそれを「大革命」とすることができなかったことを批判している。

> 私は敗戦後の日本に、二つの優秀なことがあったと思う。一つは農地の解放で、一つは戦争抛棄という新憲法の一項目だ。
> 農地解放という無血大革命にも拘らず、日本の農民は全然その受けとり方を過ってしまった。組織的、計画的な受けとり方を忘れて、単に利己的に、銘々勝手な処分にでて、あれほどの大革命を無意味なものにしてしまったのである。ここには明かに共産党や無産政党の頭の悪さがバクロされており、人の与えた稀有なものを有効に摂取するだけの能力が欠けていたのだ。
> 戦争抛棄という世界最初の新憲法をつくりながら、ちかごろは自衛権をとなえ、これもあやしいものになってきた。（野坂中尉と中西伍長「安吾巷談」08巻、三八七頁）

人に無理強いされた憲法だと云うが、拙者は戦争をいたしません、というのはこの一条に限って全く世界一の憲法さ。戦争はキ印かバカがするものにきまっているのだ。

（中略）

軍備や戦争をすてたって、にわかに一等国にも、二等国にも、三等国にも立身する筈はないけれども、軍備や戦争をすてない国は永久に一等国にも二等国にもなる筈ないさ。

（中略）

戦争にも正義があるし、大義名分があるというようなことは大ウソである。戦争とは人を殺すだけのことでしかないのである。その人殺しは全然ムダで損だらけの手間にすぎない。

（「もう軍備はいらない」12巻、五四三－五四五頁）


戦後の左翼は、戦争放棄をたんに選挙のための便宜的な戦術と見なしていた。いざ権力をとれば、人民軍あるいは赤軍をもつのは当然だと考えていたのである。新左翼も同様である。その中で、安吾は戦争放棄を掲げる新憲法を積極的に支持した。しかし、それは「国民主権」の立場からではない。「国民」（ネーション）の立場に立つかぎり、どうしても「自衛権」という発想が出てきてしまう。

安吾が考える平和論は、アナキズム、つまり、国家の揚棄という考えにもとづいている。

だが、それはいくつかの点で、マルクス主義とはいうまでもなく、一般的なアナキズムとも異なっている。マルクス主義者もアナキストも国家の揚棄を唱えるが、そのとき、国家を一国の中だけで考えている。国家が他の国家に対して国家であるという本質を、無視しているのである。一国の中で国家を否定したところで、他の国家がそれを認めないなら意味がない。だから、国家の揚棄は、諸国家がすべて主権を譲渡するような世界共和国によってしかありえない。そして、それを最初に構想したのはカントであった。つぎのような安吾の考えには、明らかにカントの『永久平和論』の影響がある。[注3]

多くの場合、戦争は、他国からの侵略に対して、自由の確立のために闘われてきた。日本は逆に他国を侵略し、その自由をふみにじって、今日のウキメを見たが、個人に於ける如く、国際間に於ても、かかる侵略主義は、尚、跡を絶っていない。

私は然し、戦争の効能を認めているのである。なぜなら、戦争は、文化を交流させ、次第にその規模が全世界的となるに及んで、帰するところは単一国家となり、いくたびかの起伏の後に、やがて、最後の平和が訪れる筈であるからだ。

要するに、世界が単一国家にならなければ、ゴタゴタは絶え間がない。失地回復だの、民族の血の純潔だのと、ケチな垣のあるうちは、人間はバカになるばかりで、救われる時はない。
然し、武器の魔力が人間の空想を超えた以上、もはや、戦争などが、できるわけはないのだ。ここに至っては、もう戦争をやめ、戦争が果してきた効能を、平和に、合理的な手段で、徐々に、正確に、果して行かなければならない。
国際間に於ては、戦争がある種の効能を果してきた如くに、各人の間に於ても、その各人の争いが、今日の法治国の秩序をきづいてきたのであった。

（「戦争論」07巻、八四－八五頁）

しかし、安吾は問題を国家レベルだけで考えるのは不十分だと考えていた。カントの平和論が考えられた時期には、まだネーションが存在しなかった。ドイツのロマン主義あるいはナショナリズムの哲学はむしろ、カント的な啓蒙主義に対する反撥として出てきたのである。すでに述べたように、アナキストも多くがロマン主義的・反知性的であった。しかるに、安吾は徹底的に啓蒙主義的であり、知的であった。彼が標的としたのは国家のみならずネーションであり、そして、その源泉に見いだしたものこそ「家」である。[注4]

国際間に於ては、単一国家が平和の基礎であるに比し、各個人に於ては、家の問題の解決が、最後の問題となるのだろうと、私は考えているのである。

家も、又、垣の一つだ。何千年の人間の歴史が、この家の制度を今日まで伝承してきたからと云って、それだから、家の制度が合理であるとは云えない。

両親とその子供によってつくられている家の形態は、全世界の生活の地盤として極めて強く根を張っており、それに反逆することは、平和な生活をみだすものとして、罪悪視され、現に姦通罪の如き実罪をも構成していた。

私は、然し、家の制度の合理性を疑っているのである。

（中略）

家の制度というものが、今日の社会の秩序を保たしめているが、又、そのために、今日の社会の秩序には、多くの不合理があり、蒙昧があり、正しい向上をはばむものがあるのではないか。私はそれを疑るのだ。家は人間をゆがめていると私は思う。誰の子でもない、人間の子供。その正しさ、ひろさ、あたたかさは、家の子供にはないものである。

人間は、家の制度を失うことによって、現在までの秩序は失うけれども、それ以上の秩序を、わがものとすると私は信じているのだ。

もとより私は、そのような新秩序が急速に実現するとは思わず、実現を急がねばならぬとも思っていない。然し、世界単一国家の理想と共に、家に代る社会秩序の確立を理想として長い時間をかけ、徐々に、向上し、近づいて行きたいと思う。

（「戦争論」07巻、八五－八六頁）

安吾がいう「家」とは、民族や社稷といった共同性の源泉に存するものだ。これを放置しておいて、国家の揚棄や世界共和国はありえない。ここで、安吾の天皇制批判と平和論が交差することがわかる。《人間は、家の制度を失うことによって、現在までの秩序は失うけれども、それ以上の秩序を、わがものとすると私は信じているのだ》。「アナルシーこそ最高の秩序だ」とプルードンは述べたが、安吾がいう「家に代わる社会秩序」こそアナルシーにほかならない。もちろん、それは性急に実現されるべきものではない。「長い時間をかけ、徐々に、向上し、近づいて行」くような理念である。さらに、安吾はつぎのようにいう。

戦争などというものは、勝っても、負けても、つまらない。徒らに人命と物量の消耗にすぎないだけだ。腕力的に負けることなどは、恥でも何でもない。それでお気に召すなら、何度でも負けてあげるだけさ。無関心、無抵抗は、仕方なしの最後的方法だと思うのがマチガイのもとで、これを自主的に、知的に摑みだすという高級な事業は、どこの国もまだやったことがない。

蒙古の大侵略の如きものが新しくやってきたにしても、何も神風などを当にする必要はないのである。知らん顔をして来たるにまかせておくに限る。婦女子が犯されてアイノコが何十万人生れても、無関心。育つ子供はみんな育ててやる。日本に生れたからには、みんな歴とした日本人さ。無抵抗主義の知的に確立される限り、ジャガタラ文の悲劇などは有る筈もないし、負けるが勝の論理もなく、小ちゃなアイロニイも、ひねくれた優越感も必要がない。要するに、無関心、無抵抗、暴力に対する唯一の知的な方法はこれ以外にはない。（野坂中尉と中西伍長「安吾巷談」08巻、三八八－三八九頁）

ここで、安吾はガンディの無抵抗主義をもっと徹底させている。ガンディは、影響を受けたトルストイと同様に、共同体（社稷）に依拠するアナキストであった。しかし、それは結局ナショナリズムにまきこまれざるをえない。それに対して、安吾が提示するのは「家に代わる社会秩序」である。そして、このアナルシーこそ、「暴力に対する唯一の知的な方法」なのである。

［注1］安吾が回想している護国寺前の鈴蘭は、アナキスト時代の村山知義が主宰する「マヴォ」の展覧会をカフェの店内で大正一三年に開催したことで知られており、「マヴォ」の会合の場所でもあったが、手入れを受けて閉店した。

［注2］坂口安吾と辻潤の交友はその後も続き、昭和一五年八月、辻潤は小田原で山内直孝の手配した市内のうなぎや「川治」で坂口安吾と三好達治の三人で会食している。辻潤は、その年の九月一九日付け山内画乱洞（直孝）宛のハガキで、「こないだ〇〇の飯場で稲垣足穂なる人物と貴公を待っていたのだが、後出現なくはなはだいかんなりき。さて坂口安吾君の〇〇のアドレスわかっていたら御しらせ願いたい。急に秋冷を覚えてはなはだ心細いこともない。秋雨やわれには明日のあてもなし」と書き送っている。

［注3］安吾は東洋大学印度哲学倫理学科に入学後、印度哲学だけでなくカントを含む西洋哲学を学んでいる（『東洋大学創立五十年史』）。

［注4］戦後まもなく、八十歳をすぎた尾崎咢堂が「世界浪人論」を唱えたとき、安吾はそのコスモポリタニズムを称賛すると同時に、それを批判した。そこでも同じポイントが主張されている。

咢堂の世界浪人論によれば、明治維新前の日本はまだ日本ではなく、各藩であり、藩民であって、各藩毎に対立し、思考も拘束されていた。日本及び日本人という意識は少なかったのである。この藩民の対立感情が失われ、藩浪人若くは非藩民となったとき日本人が誕生したのであって、現在は日本人であり他国に対する対立感情をもっているが、要するに対立感情は文化の低さに由来し、部落の対立、藩の対立、国家の対立、対立に変りはない。今後の日本人は世界浪人となり、非国民とならなければならぬのだが、非国民とは名誉の言葉で高度の文化を意味している。日本人だの外国人だのと狭い量見で考えずに、世界を一つの国と見て考えるべしと言うのであった。即ち彼の世界聯邦論の根柢である。

（中略）

けれども、ここに問題は、部落的、藩民的、国民的限定を難じ血の一様性を説く咢堂の眼が、更により通俗的な小限定、即ち「家庭」の限定に差向けられていないのは何故であろうか。

家庭は人間生活の永遠絶対の様式であるか。男女は夫婦でなければならぬか。国家や部落の対立感情が文化の低さを意味するならば、家庭の構成や家庭的感情も文化の低さを意味しないか。咢堂はこれらのことに就てはふれていない。そして僕の考えによれば、人間の家庭性とか個性というものに就て否定にせよ肯定にせよ誠実なる考察と結論を欠き、いきなり血の一様性や世界聯邦論へ構想を進めることは一種の暴挙であることを附言しなければならぬ。

（「咢堂小論」04巻、三-六頁）

追記：この稿を書くにあたって、関井光男氏から安吾の資料に関して多くの援助を受けた。

合理への「非合理」な意志

坂口安吾（一九〇六－一九五五）は、第二次大戦後まもなく、「堕落論」というエッセイや「白痴」という小説で一躍有名になった。戦争期の天皇制ファシズムの下での精神主義的・道徳的抑圧から解放された人々の前に、彼は戦後の価値転倒を代表する旗手としてあらわれたのである。たとえば、次のように彼は書きはじめる。《半年のうちに世相は変った。醜《しこ》の御楯《みたて》といでたつ我は。大君のへにこそ死なめかへりみはせじ。若者達は花と散ったが、同じ彼等が生き残って闇屋となる。ももとせの命ねがはじいつの日か御楯とゆかん君とちぎりて。けなげな心情で男を送った女達も半年の月日のうちに夫君の位牌にぬかずくことも事務的になるばかりであろうし、やがて新たな面影を胸に宿すのも遠い日のことではない。人間が変ったのではない。人間は元来そういうものであり、変ったのは世相の上皮だけのことだ》。安吾は敗戦後の日本人のこうした「堕落」を肯定した。そして、いう。《人間は生き、人間は堕ちる。そのこと以外の中に人間を救う便利な近道はない。（中略）堕ちる道を堕ちきることによって、自分自身を発見し、救わなければならない。政治による救いなどは上皮だけの愚にもつかない物である》。さらに、小説「白痴」は、その情緒性を排した性描写によって、衝撃を与えた。その結果、彼は「無頼派」と呼ばれた。いいかえれば、彼には、反知性的・反政治的なリベルタンというイメージがこびりついたのである。この印象があまりに強烈であったため、安吾は敗戦後の混乱と分かちがたく結びつけられた。当然ながら、このような戦後的混乱の時期は長く続かなかった。それ以後も、安吾は外見上「無頼派」のスタンスを維持し、麻薬中毒で入院するなど世間を騒がせたりしながら、流行作家として、エッセイ、歴史小説、推理小説などを書きまくったあげく四九歳で死んでしまった。社会の安定化とともに、彼は、戦後の混乱期を象徴する作家としての記憶をのぞいて、忘れられていった。

安吾が読まれるようになったのは、関井光男が監修した全集が一九七〇年代初期に刊行されてからであった。全作品が手に入るようになって初めて、彼が極めて知的で、極めて倫理的な作家＝批評家であることが理解されるようになったのである。しかし、彼が評価されるためには、他の何にもまして、「文学」の観念が変わらなければならなかった。彼の評価が高まったのは、むしろ八〇年代後半からである。それは、この時期に、それまで支配的であった「近代文学」の規範、いいかえれば、一九世紀後半フランスで確立されたリアリズム小説（純文学）の規範が完全に解体されたからである。それまでの基準から見ると、安吾の作品は、ほとんど純文学に入らない。彼の小説は半ば批評的エッセイであり、逆に、彼の批評的エッセイは半ば小説的であった。彼はあらゆるジャンルの作品を価値の区別なく書こうとした。たとえば、ファルスを書き、説話（物語）、推理小説、歴史小説を書き、古代史論、社会評論を書いた。そこで、オーソドックスな文学史的評価によれば、安吾はマイナーな作家だと見なされるほかなかった。この評価は、当然、海外の日本文学研究者にも波及する。彼が専門家の間でもまったく知られていなかったのは無理もない。実際のところ、私も、何が安吾の代表作かと問われれば、返答に窮する。私自身は、「日本文化私観」と「イノチガケ」をあげるだろう。しかし、前者は小説的なエッセイであり、後者はエッセイ的な歴史小説である。

安吾の作品がこうした文学的ジャンルに入らないのは、彼がたんに「無頼派」として奔放に書いたからではない。意図的に文学的ジャンルを破壊しようとしたからである。そのことは、彼のデビューにおける文学的マニフェストが「ファルス」だった、という事実からのみいうべきことではない。それよりも若い時期に、フランス文学を研究していたとき、彼は現代文学ではなく、一八世紀のディドロやヴォルテールのように、エッセイ・哲学・小説が渾然とした、超ジャンル的な「作家」に傾倒していた。一八世紀の文学については、フランスだけでなく、イギリスについても、同じことがいえる。スイフトからスターンにいたるまでの作家は、一九世紀的な基準からみれば、まともな小説家ではない。しかし、人々は、安吾の中に一貫した「近代文学」批判の意志を見るかわりに、大衆的な雑文家という烙印を押してきたのである。今、われわれは彼をあらためて小説家や批評家というカテゴリーにいれるべきではない。たんに、ecrivanとよぶべきなのである。

若い安吾が同時代のモダニズムに背を向けて、一八世紀の文学に向かったことは、当時は、アナクロニスティックに映ったはずである。しかし、おそらくもっとアナクロニスティックなことは、一九二六年、日本で知的な若者なら残らずマルクス主義かモダニズムに向かったであろう時期に、彼が東洋大学のインド哲学科に入って僧侶になろうとしたことである。安吾は後年にそのことを自嘲的にしか語っておらず、それゆえ一般に軽視されるのだが、これは彼にとって最も基礎的な体験なのである。一連のファルスのみならず、「枯淡の風格を廃す」から「イノチガケ」、「日本文化私観」のような作品にいたるまで、安吾の発想の根底に、一度本気で僧侶になろうとしたこの体験がある。

たとえば、彼は学生時代(二一歳)に、同人誌につぎのように書いている。他の学生が「腐敗しきった佛教僧侶に対しては評するの価値を見出さず」とか「寺院生活のモットーは『信仰第一』である」というようなことを書いている中で、安吾はつぎのように言う。

《寺院に特殊な生活があるとすれば禁欲生活より外にはないと思われます。しかし一般人間に即した生活即ち情欲や物欲に即した生活のあることを忘れる訳には行きません。寺院の人々は禁欲生活を過重し勝ちでとかく所謂煩悩に即した生活の中にも道徳律や悟脱の力のあることを忘れている様です。禁欲生活が道徳的に勝れている理由もなく、又特に早く悟れる理由もありません。生活はその人の信条で生きるもので要するに何でもかまいませんが、愛欲の絆もあきらめられない。禁欲生活の外分も保ちたいなんてのは、随分あさまし過ぎると思われます。むしろ一般の欲に即した生活を土台にして出直すのが本統ではありますまいか》（「今後の寺院生活に対する私考」傍点原文）。

「一般の欲に即した生活」は、僧侶から見れば「堕落」である。だが、僧侶こそ、そのような堕落を「土台にして出直す」のでなければならない。冒頭に引用した、「堕ちきるまで堕ちよ」という安吾の言葉は、いつも戦後の風潮と結びつけられてしまう。しかし、彼のいう「堕落」は、はるか前に考えつめられていたものである。この文章は、安吾がまもなく僧侶志向を放棄するだろうことを暗示している。しかし、逆のことも言えるのだ。もし彼のいう通りなら、僧侶を否定することで、むしろ真に僧侶でありつづけることになる、と。たとえば、彼は「イノチガケ」（一九四〇年）において、一六世紀から一七世紀にかけて、日本にやってきたイエズス会の宣教師のことを書いている。彼は、その中で、禅問答に訴える禅僧たちが、フランシスコ・ザビエルの「当たり前の屁理屈」に窮してキリスト教に転向してしまったことを指摘している。

禅問答には禅問答の約束があって、両者互に約束を承知の上でなければ、飛躍した論理も悟りも意味をなさない。そこでこういう問答の結果がどうかと言えば、仲間同志の禅坊主だけ寄り集って、彼奴は悟りの分らない担板漢《でくのぼう》だなどと言って般若湯《はんにゃとう》で気焔をあげてもいられるけれども、然し、こういう約束の足場は確固不動のものではないから、内省の魔が忍びこんでくる時には晏如《あんじょ》としてはいられない。辛酸万苦して飛躍を重ねた論理も、誠実無類な生き方を伴わなければ忽ち本拠を失って、傲然自恃の怪力も微塵に砕け散る惨状を呈してしまう。サビエルはじめ伴天連入満《バテレンイルマン》の誠実謙遜な生き方に圧倒されて、敬服せざるを得なくなるのである。

仏僧の切支丹転宗は相継いでかなりあったが、その多くの者は禅僧であったという。

禅僧が転宗したのは宣教師の合理性に負けたからでも、キリスト教の教義が優越していたからでもない。「仏とは糞掻き棒である」という禅僧に対して、宣教師が「仏は仏である、糞掻き棒は糞掻き棒である」と言いかえすならば、同じことをキリスト教の「三位一体」の教義に対しても言えるはずである。すなわち、神は神である、人間は人間である、どうして人間イエスが神なのか、と。だが、このときキリスト教の宣教師が禅宗を圧倒したのは、教義の理論的合理性によってではなく、何千キロも離れた極東まで布教にやってくる彼らの実践の非合理的な力によってである。合理的であることは、それ自体非合理的な意志と情熱を必要とするのではないのか。反近代の「非合理主義」が跳梁した一九三〇年代に、安吾は徹底的に合理的であろうとした。それは「合理主義」とは別のものである。たとえば、同じ時期に、『ヨーロッパ諸学の危機と超越論的現象学』を書いたフッサールは、それを次の言葉で締めくくっている。《人類は理性的であろうと意志することによってのみ理性的たりうる》。いうまでもなく、この「意志」そのものは合理的ではない。

しかし、「イノチガケ」において、安吾は、キリシタンの宣教が禁止された後、もはや宣教の可能性がまったく絶たれたにもかかわらず、つぎつぎとやって来ては殺される宣教師たちの「情熱」については否定的である。たとえば、彼は一六一五年に潜入した者たちについて、次のように記述する。

アダミは潜入後十九年間潜伏布教。一六三三年長崎で穴つるし。コウロスは潜入後二十年潜伏布教、捜査に追われて田舎小屋で行き倒れ。パセオは一六二六年長崎で火あぶり。ゾラとガスパル定松は肥前肥後に潜伏布教、一六二六年島原で捕われて長崎で火あぶり。シモン・エンポは一六二三年江戸芝で火あぶり。コスタと山本デオニソは中国に潜伏布教、一六三三年周防で捕われて、コスタは長崎で穴つるし、山本は小倉で火あぶり。バルレトは一六二〇年江戸附近で衰弱の極行き倒れた。

こうした記述が延々と続く。この無味乾燥な書き方は、逆に「遊ぶ子供に似た単調さ」で潜入・殉教がくりかえされる光景をある凄みをもって伝えている。それは浜辺で波の打ち寄せる様を見つづけるのに似ている。そこに、各人の人間的苦悩や逡巡が描かれてはならない。安吾はザビエルら初期の宣教師がもった実践的な道徳性と知性には敬意をいだいている。しかし、予め死ぬことがわかっている時期に続々とやってきた宣教師たちに同情をもたない。たとえば、ザビエルの幻覚を見て日本にやってきたマストリリという神父について、「日本潜入の観念に憑かれた精神病者ではなかったかと疑うことも出来るのである」とさえ書いている。安吾は、そこに、キリスト教的情熱ではなく、強迫神経症的反復、あるいは「死の欲動」（フロイト）を見た。と同時に、彼が、一九三七年以来日本の中国への侵略戦争が泥沼に陥りつつある状況のもとで、この作品を書いたことを忘れてはならないだろう。日米戦争勃発直前に発表されたこの作品は、それから四年後に日本軍によってなされた「神風」突撃を先取りしているともいえる。

要するに、合理的か非合理的か、キリスト教か仏教か、西洋か東洋か、は問題ではない。坂口にとって、現実に「他者」に関与しない思想などは、何であれ意味がなかったのだ。彼にとって、倫理（実践）こそがすべてであった。先ほど、私は、安吾が僧侶になろうとした時期に、仏教は知的な若者に何の魅力ももたなかったと述べた。しかし、一九三〇年代半ば、マルクス主義者やモダニストが転向して「東洋回帰」・「日本回帰」に向かったとき、仏教的言説がポピュラーになったことをつけ加えておかねばならない。それは、西田幾多郎に代表される京都学派の哲学者において顕著である。また、それは太平洋戦争の勃発とともに開催された知識人の会議が掲げた「近代の超克」というスローガンの基底に存するものである。彼らは、西洋、近代、合理主義、資本主義、共産主義などすべての観念の「超克」を、一種「禅」的な論理に求めたのである。

安吾が「日本文化私観」（一九四一年）を書いたのは、ちょうど同じ時期であった。かつて仏教の僧侶になろうとした安吾は、そのとき、そのような風潮に対する最も激烈な批判者としてあらわれたのである。しかし、彼が直接に標的としたのは、一九三三年にドイツから来て三年ほど日本に滞在した建築家ブルーノ・タウトが書いた書物『日本文化私観』あるいは『日本美の再発見』である。

タウトは、ユダヤ系ドイツ人であり、表現主義から社会主義へ移行し、さらにナチスから逃れて半ば亡命者として来日した。彼を招いたのはモダニストの建築家たちであったが、日本で設計よりは著述に専念したタウトが書いたものは、天皇制ファシズムに傾斜していた状況に大きな影響を与えた。たとえば、彼は、国家的な天皇制イデオロギーのシンボルである伊勢神宮に「純粋な構造学、際立った明晰性、材料の純粋さ、均衡の美」を見出し、初代将軍徳川家康を祀った日光東照宮を「独裁者のキッチュ」「消化せられぬ輸入品」として糾弾した。建築は非歴史的にアートとして見ることができるとしても、タウトが、こうしたモニュメントがもつ明瞭な政治的な含意を知らなかったはずはない。タウトは普通のオリエンタリストと違って、西洋と日本の区別をするのではなく、たんに外来的なものと土着的なものを区別した。そこで、大陸からの輸入品と日本の物が混ぜられた日光東照宮に対して、桂離宮や伊勢神宮を「原‐日本的な文化」のあらわれとして評価したのである。だが、一九三〇年代の日本は、中国の文明が到来する以前の古代日本に本来の「道」を見ようとした国学者本居宣長が最も評価されていた時代である。のみならず、ドイツでは、ラテン化以前の原ゲルマン的文化が称揚された時代である。とすれば、そこから亡命したタウトが、日本の文脈でナチズムに類することを主張するのは奇妙というほかない。

しかし、たぶん、彼は別の政治的戦略を持っていたと思われる。彼の意図は、一九三〇年代に支配的になった「帝冠様式」――一九世紀西洋の建築と日本的伝統を混ぜ合わせた、日本の帝国主義を象徴する荘厳な様式――を批判することにあり、それは彼を招いた日本の建築家の期待するところでもあった。タウトは帝冠様式における折衷的な「伝統主義」を、もう一つの純粋な「伝統」を評価することによって打倒しようとする戦略をとったのである。その意味では、これは追いつめられたモダニストの戦略だったといえる。しかし、結果的には、それは、「西洋の没落」と「近代の超克」という当時の日本の支配的な言説に権威を与えるだけに終った。安吾は、ブルーノ・タウトが竜安寺の石庭や修学院離宮のような庭園を評価したことについて、つぎのようにいっている。《龍安寺の石庭が何を表現しようとしているか。如何なる観念を結びつけようとしているか。タウトは桂離宮の書院の黒白の壁紙を絶讃し、滝の音の表現だと言っているが、こういう苦しい説明までして観賞のツジツマを合せなければならないというのは、なさけない。蓋《けだ》し、林泉や茶室というものは、禅坊主の悟りと同じことで、禅的な仮説の上に建設された空中楼閣なのである。仏とは何ぞや、という。答えて、糞カキベラだという。庭に一つの石を置いて、これは糞カキベラでもあるが、又、仏でもある、という。これは仏かも知れないという風に見てくれればいいけれども、糞カキベラは糞カキベラだと見られたら、おしまいである。実際に於て、糞カキベラは糞カキベラでしかないという当前さには、禅的な約束以上の説得力があるからである》。

ここでは、まるで禅僧タウトにイエズス会宣教師安吾が対決しているかのようである。安吾はいう。「美」とは、美しく見えるもののことではない、あるいは美を意識したところに美はない。それは必要なもののみが必要な場所に置かれた形態でなければならない。《すべては、実質の問題だ。美しさのための美しさは素直でなく、結局、本当の物ではないのである。要するに、空虚なのだ。そうして、空虚なものは、その真実のものによって人を打つことは決してなく、詮ずるところ、有っても無くても構わない代物である。法隆寺も平等院も焼けてしまって一向に困らぬ。必要ならば、法隆寺をとりこわして停車場をつくるがいい。我が民族の光輝ある文化や伝統は、そのことによって決して亡びはしないのである》。

だが、安吾がいう「必要」は、たんに実用主義的な必要ではなかった。彼はどうしようもなく「心惹かれた」建築として、たまたま目撃した、小菅刑務所、ドライアイスの工場、さらに駆逐艦を例にあげている。《この三つのものが、なぜ、かくも美しいか。ここには、美しくするために加工した美しさが、一切ない。美というものの立場から附加えた一本の柱も鋼鉄もなく、美しくないという理由によって取去った一本の柱も鋼鉄もない。ただ、必要なもののみが、必要な場所に置かれた。そうして、不要なる物はすべて除かれ、必要のみが要求する独自の形が出来上っているのである》。しかし、建築史家によれば、少なくとも小菅刑務所――もう現存しない――は、当時モダニズム建築として高く評価されていたといわれる。建築についてまったく無知だった安吾は、にもかかわらず、直感的に、バウハウスの指導者グロピウスの有名な言葉に対応していたのである。《われわれは虚偽のファサードやごまかしによって邪魔されることなく、内部の理論が裸のまま放射してくるような明解な有機的建築物を作りだしたい。われわれは、機械、ラジオ、そして高速自動車の世界に適合した建築、機能がその形態との関係で明らかにされるような建築を欲する》。

バウハウスに属していたタウトは、ある意味で、桂離宮や伊勢神宮に、「不要なる物がすべて除かれ、必要な物のみが要求する独自の形」を見出していたのだ。そして、タウトを批判した安吾は、そうと知らずに、案外タウトに近い場所に立っていたのかもしれないのである。だが、彼らを遠く隔てさせたのは、たんに歴史的状況ではないし、「日本」と「西洋」の差異でもない。タウトにとってそれが理論（観賞）であったのに対して、安吾にとってはそれがまさに実践（倫理）であったということである。

然しながら、タウトが日本を発見し、その伝統の美を発見したことと、我々が日本の伝統を見失いながら、しかも現に日本人であることとの間には、タウトが全然思いもよらぬ距りがあった。即ち、タウトは日本を発見しなければならなかったが、我々は日本を発見するまでもなく、現に日本人なのだ。我々は古代文化を見失っているかも知れぬが、日本を見失う筈はない。日本精神とは何ぞや、そういうことを我々自身が論じる必要はないのである。説明づけられた精神から日本が生れる筈もなく、又、日本精神というものが説明づけられる筈もない。日本人の生活が健康でありさえすれば、日本そのものが健康だ。湾曲した短い足にズボンをはき、洋服をきて、チョコチョコ歩き、ダンスを踊り、畳をすてて、安物の椅子テーブルにふんぞり返って気取っている。それが欧米人の眼から見て滑稽千万であることと、我々自身がその便利に満足していることの間には、全然つながりが無いのである。彼等が我々を憐れみ笑う立場と、我々が生活しつつある立場には、根柢的に相違がある。我々の生活が正当な要求にもとづく限りは、彼等の憫笑が甚だ浅薄でしかないのである。

もちろん、安吾はここで、タウトが発見した日本が虚偽である、日本文化は日本人であるわれわれにしかわからない、などといっているのではない。彼がここで攻撃しているのは、この当時日本からトルコに行ってすでに客死していたタウトではなく、「日本の美」

や「近代の超克」を唱えている類の日本の知識人である。そもそも、ある国の「文化」とか「伝統」といったものは、どこでも、いつも外国人、あるいは自国から離れた者が「発見」するものである。それは現実にわれわれが生きている生活、望むと望むまいとにかかわらず、現代の資本制経済によって変容させられている生活とは別個に、見出される空虚な表象である。

エドワード・サイードの『オリエンタリズム』は、「オリエント」が西洋人の表象によって作られてきたこと、科学的分析の対象としてしか存在しなかったことを批判している。さらに、彼は、当のオリエンタル自身がそのような表象のもとに考えてしまうことを指摘している。しかし、サイードは、それなら、表象でない「真実」は何であるのか、どのようにそれが語られうるのかを書いていない。自ら生きることなしに、それを「客観的」に語ることはできない。したがって、サイードがそういう仕事をしたのは、むしろ自伝においてである。同様に、安吾の「日本文化私観」はまさに自伝的・小説的に書かれているのである。だが、それは、いかなる客観的な日本文化論よりも、説得的である。

海外で、日本の文学の代表とされてきたのは、谷崎潤一郎、川端康成、三島由紀夫であったが、彼らの描く美的な「日本文化」は、むしろ、西洋人の「期待の地平」に沿うものであった。安吾はそれを徹底的にうち砕いた。その意味で、私は、日本文化に関心のある英語圏の読者に、安吾を、そして、先ず「日本文化私観」を読むことを勧めたい。ここに、表象としての「日本」と無縁な、しかし、最も「日本的」ともいえる作家がいる。ここに、知識人的であることを拒否した、しかし、知的な精神があり、道徳を拒否した、しかし、倫理的な精神がある。個人的なことをいうと、私は、一九九〇年代に入って以後、コロンビア大学で定期的に講義をするようになったが、そのとき、いつも、英訳の「日本文化私観」を学生に読ませた。日本文学専攻でない大学院生たちが口を揃えていうのは、この奇妙なエッセイが、哲学から小説に及ぶすべての文献の中で、圧倒的に印象的だということであった。彼らは、ここに、日本人がいる、日本文化がある、というよりも、一個の人間がいるということを感じたのである。

第三部

新『坂口安吾全集』刊行の辞

今度の坂口安吾全集は新資料・対話・新解題を加えただけでなく、全著作を発表順に並べたものである。安吾は、幾つかの作品で代表されてしまうような作家ではない。彼の小説はさまざまなジャンルに及んでいて、そのどれかを優位におくことはできない。のみならず、彼は、批評が小説の補でしかないようなタイプの小説家ではない。批評が小説であり、小説が批評である。これらをどうして分類できるだろうか。安吾はつねにアクチュアルな歴史的な状況のなかで考えており、すべての著作が彼自身の生と分かちがたい。この希有な作家を読むためにふさわしいのは、一切の整理を排して、書かれた順に読むことである。

《ファルスとは、人間の全てを、全的に、一つ残さず肯定しようとするものである。凡そ人間の現実に関する限りは、空想であれ、夢であれ、死であれ、怒りであれ、矛盾であれ、トンチンカンであれ、ムニャムニャであれ、何から何まで肯定しようとするものである》（「FARCEに就て」傍点原文）。初期に書かれた、この文学的マニフェストは、安吾の生涯を貫徹するものとなったといってよい。むろん、安吾の「否定」の力はこの「肯定」の力から来る。安吾の前におけば、ほとんどの著作は中途半端な否定や肯定としてしか見えない。「戦争と革命の世紀」といわれる二〇世紀はまもなく終る。だが、その中にあって「一つ残さず肯定しよう」とした安吾の「戦争と革命」が終ることはありえない。それは安吾の「否定」の力が消えることはありえないということである。新全集は、それを「一つ残さず」読者に伝える。

坂口安吾の普遍性

坂口安吾は孤高の人ではない。若いときから同人誌をやり、昭和初期のモダニストや左翼とつきあい、戦争期には平野謙や荒正人ら「近代文学」派の人たちと親しく交流している。戦後は「無頼派」の仲間に入れられ、自らもそれを否認していない。とりたてて、主流に異を唱えたわけでもない。だが、それでいながら、彼はどこにも属していないようにみえる。安吾は時代の流行に背を向けるどころか、つねにそこにいたが、よく見ると、その先端性は、ほとんど「時代遅れ」と見えるような指向と切り離せないのである。

たとえば、マルクス主義とモダニズムの全盛期に、仏教の僧侶になろうとしたし、永井荷風や川端康成の「粋」が幅を利かせた時期に、明治中期の作家のように「霊肉の分裂」に苦しんでいた。くりかえすと、彼は少しも孤高を保とうとしていたのではない。他の人たちと一緒にいながら、いわば自然に、そこからずれていたのである。そのことは、彼が風景にかんして述べた事柄に典型的に示されている。

私は山あり渓ありという山水の風景には心の慰まないたちであった。あるとき北原武夫がどこか風景のよい温泉はないかと訊くので、新鹿沢温泉を教えた。ここは浅間高原にあり、ただ広茫たる涯のない草原で、樹木の影もないところだ。私の好きなところであった。ところが北原はここへ行って帰ってきて、あんな風色の悪いところはないと言う。北原があまり本気にその風景の単調さを憎んでいるので、そのとき私は始めてびっくり気がついて、私の好む風景に一般性がないことを疑ぐりだしたのである。

（「石の思い」04巻、二六四頁）

たぶん、北原だけでなく、大概の者がそれに不快を覚えるだろう。興味深いのは、どうやら安吾が自分の感受性が一般的なものだと思いこんでいたようだということである。それは、たとえば、彼が「ふるさと」と呼ぶものに関してもいえる。彼は「ふるさと」によって「人を突き放す」何かを意味しているが、そのような見方に「一般性」がないことは明らかである。にもかかわらず、われわれが安吾のいうことを理解できるのはなぜか。

カントは、一般性と普遍性を区別している。一般性が経験から帰納されるものであるのに対して、普遍性はいわばアプリオリな形式に由来するのである。こうしたカントの考えは、美と崇高（サブライム）の区別にあらわれている。美は事物の形態（合目的性）から来る快の感情にもとづくが、サブライムはむしろそのような美的形態をもたない、感性的には不快な対象において見いだされる。そこでは本来不快なはずのものが快に変えられている。カントは、美と違って、サブライムには理性が関与していること、またそこに存する快は、不快を克服する理性の無限性の確認に由来するといっている。

安吾の「美意識」は確かに「一般性」に反している。実際のところ、それは「美」というよりも「サブライム」に属するものだからである。それは根本的に知的な性格のものだ。安吾にとって、文学は知的でなければならなかった。しかし、それはいわゆる知性派・理論派とは違っている。その美的感受性そのものがすでに「知性」の介入を不可欠としているのである。ここで論じる余地はないが、それは安吾の幼年期に形成されたものだといっていい。

「日本文化私観」において、彼はどうしようもなく「心惹かれた」建築として、たまたま目撃した、小菅刑務所、ドライアイスの工場、さらに駆逐艦を例にあげている。しかし、建築史家によれば、小菅刑務所は、当時モダニズム建築として高く評価されていたといわれる。建築についてまったく無知だったにもかかわらず、実は安吾は、バウハウスの指導者グロピウスが述べたのと同じようなことを語っていたのである。その意味で、彼はバウハウスから来たブルーノ・タウトと似たような地点に立っていたといってよい。

しかし、安吾の判断はモダニズム建築理論からではなく、彼自身の「美意識」から来ていた。タウトが桂離宮や伊勢神宮に「日本美」を見いだすのは、モダニズム理論の戦略的な応用である。安吾はそのような「美」に嫌悪を表明する。それはありふれた伝統批判ではない。安吾はどうしようもなく「心惹かれた」事柄を語っただけである。安吾の普遍性は、つねにこのような特異性においてある。

〔対談〕新『坂口安吾全集』編集について／関井光男・柄谷行人

関井　今回の『坂口安吾全集』（筑摩書房）は、柄谷さんと私が共同で編集したものですが、編集に際して二人が合意した方針は、ジャンルを問わず、全て編年体で並べてみることです。それによって、今までとは違った読み方ができるのではないかと考えた。今までの全集にないものが、もうひとつあります。昭和二一年に仮名遣いが変わりますが、変わる以前は全部旧仮名遣いにしました。これは生きている時の全集を除いては初めてなんです。新仮名と旧仮名の間は混合体で、昭和二三年からは全て新仮名。ですから、文字が歴史的になっていて、その時代の文字表現がわかることも特色だと思います。それから単行本の長編のものは、基本的に安吾が構想したものは残していく。安吾が本にする時に目を通していないものがあるわけです。例えば『白痴』は、雑誌掲載時に編集者がかなり削除している（笑）。それがそのまま今までの全集に使われている。そういうものは、原稿でわかるものについては全部起こして、『白痴』も初めて完本が見られるわけです。『火』についても四百五十枚くらい、書かれていたものがあるんです。公表されてないもので、原稿を今チェックしてますが、これも今回まとめて載せます。圧巻は『火』を書いてる頃、速記させたものですね。書いてる最中、躁鬱病でしたからね。身体がだめになっても精神が大丈夫だって書き続けて、その時の口述筆記がいっぱいあるんです。それを全部起こそうと。そうすると、彼がどんなことを考えながら書いたかということもわかってくる。その意味で今回の全集は今までわからなかったこと、公にしてこなかったことがわかってくると思います。

柄谷　これまでの安吾全集は、関井さんが一人で編集なさったものです。新たな全集を共同でやらないかといわれたとき、僕は引き受けたのですが、実は困った。基礎的な編集作業ができないからです。だから、それは関井さんに任せて、僕は毎巻、月報に載せるエッセイを書くことにしました。ただ、編集に関して、僕が提案したことが一つあります。それは全集を編年体で出すことです。そんなことを考えたのは、ひとつには僕自身が安吾を読んでいて、年代順序がよくわからないことが多かったからです。たとえば、『日本文化私観』でも戦後に書かれたと錯覚したことがあった。調べて見れば、一応、歴史的順序はわかるけれども、さまざまなジャンルがあるので、それらの結びつきがなかなか納得できないんですね。それで、ジャンルの区別をやめた。既に発売された全集第一回配本（第四巻）を見ると、自分が予想していた以上に面白い。
　安吾は、ファルスはすべてを肯定するといいましたが、この全集はその意味でファルスですね。たとえば、『咢堂小論』という政治評論があって、つぎに突然『白痴』が出てきたり（笑）。安吾の精神的な全活動がそのまま追体験できる感じがしますね。文字通り年代順に出てきますから、文庫全集や前の全集で読んだ人も全く違う印象を持つんじゃないかと思います。
関井　今まできちんと入ってなかった翻訳も年代順に入ってきますから。『青い馬』やマラルメの翻訳。小林秀雄が感嘆したというものですが。そういう翻訳もエッセイと同時並行で見られる。又、初期の作品の『母』。これは雑誌で見ると随筆で発表されているんですが、戦後、小説になった（笑）。小説として発表しておいたものが、後でエッセイというものもある。つまり文章を順に追って見ていくと、いわゆる小説の文章を書いているわけではないことがわかってくるんですね。
柄谷　評論も小説みたいになっているものもありますし、小説が評論になっているのもある。
関井　あります。彼は実際ヴォルテールを原書で読んでいて、ヴォルテールの哲学事典を見ても小説なんですね。「ある日」と冒頭に書いてあったりして。つまり、一八世紀的だと思うんです。『言葉』の冒頭を見ても、二〇世紀をもう一回考え直すという時、二十世紀の起源に行くのではなく、一八世紀に行ってるところがある。そういうずれ。柄谷さんがエッセイに書かれたように、時代の真ん中にいるように見えながら、実はずれてる。

柄谷　そうですね。例えば西欧の一九世紀的なものを批判する場合、モダニズムもそうですけど、実際には一八世紀を再発見・再導入する形でやっていると思うんですよ。しかし、モダニズムをほとんど意識してないでそうやっている場合がある。日本ではローレンス・スターンを最大評価した夏目漱石がそうですね。安吾もいわゆる昭和のモダニストの中に入っているようだけど、むしろ一八世紀に遡行して始めた人です。

とにかく、僕が今度の全集を引き受けたのは、もう一度安吾を読んでみようと思ったからですよ。一昨年、『坂口安吾と中上健次』という本を出したんですが、特に安吾に関しては二十数年前に書いたものが主で、それ以降も少しは書いてるんですけども、あまり変りばえしない。二十数年前に書いたものが「今でも新鮮である」と言われても、有り難いことですが、単に何もやっていないということであって（笑）。もう一度、ちゃんと考えてみようと思った。それでいろんなものを再読したり初めて読んだりして、今までとはちょっと違った視点が出てきかけているところです。

関井　今度書かれた『毎日新聞』のエッセイ「坂口安吾の普遍性」は、『坂口安吾と中上健次』の安吾論とかなり違うと思うんですよ。例えば「美と崇高」の問題。これは、僕は病と関係があると思うんです。カントはこういっています。「憂鬱質の人は崇高である。世の中の流れがどうであろうとも、そんなことに関わりなしに、己の感情に固執する」と。要するに悟性に自分の感情を従属させるということを言ってますよね。憂鬱質ってメランコリーのことを言っているわけですが、安吾を初期から読んでいくと、それがある。エッセイで柄谷さんは子供の頃についても触れられていますが、追体験的に彼が子供の頃のことをもう一回読み直しているところがあったとも思うんです。

柄谷　カントがいう崇高は、美的なものではない。むしろ不快で恐ろしい対象です。たとえば、雷鳴や稲光がそうです。これを好ましく思うのは、近代になって、雷の原因がわかったからです。それを崇高と感じるのは、感性ではなく理性なのです。また、それが崇高に見えるのは、安全な場所に立つかぎりにおいてです。そう考えると、安吾の美意識は、美というよりも崇高の意識ですね。安吾自身はそれが美であると考えていた。彼は後年になって、自分の美意識があまり「一般的」でないことに気がついてなかったと書いているわけですね。僕はその「一般的でない」という言い方に注目したい。それは、安吾が特殊で、普遍性をもたないということではないのです。

ふつう、一般的と普遍的は同じ意味で使われていますけど、それをはっきり区別したのがカントです。一般的というのは経験的に見いだされるもので、普遍的というのはアプリオリなものです。たとえば、アリストテレスの自然学は「一般的」であって、「普遍的」(法則)ではない。そのような区別を意識して考えると、安吾の美意識が「一般的」でないことは確かだけど、にもかかわらず、それは「普遍的」なんですね。『日本文化私観』の風景論、建築論がその一例です。他のことでもそうですが、安吾に関しては、「一般的でないけれども普遍的だ」という言い方が一番当てはまるような気がするんです。しかも、彼はそれをほとんど意識しないでやっている。安吾の、この普遍性は何なのか、ということを考えようと思ったわけです。

関井　僕も安吾を長く研究していて、引っかかっていたことがあるんですよ。それは今までみんながやってきた言葉だけでやってみると腑に落ちない。それは、どちらかと言うと一九世紀以降の文学の考え方でやってしまったためですね。しょうがないから、安吾が読んだといわれるバンジャマン・コンスタンやヴォルテールを追体験的に読んで、彼が何を考えていたかよりも、どういう場所にいたかということを考えてみた。柄谷さんも場所のことを書かれていましたが、同時に、問題は態度ではないかと思うんです。今おっしゃった、一般的ではないけど普遍的ということも。カント的言葉で言うと、「根本原理に基づく」という言い方がふさわしいかもしれないんですけど。つまり、名づけるというのではなく、ある態度としてそれを持ってしまっている。その時に、仏教が重要だったんではないかという気がしているんです。
柄谷　仏教といっても安吾の仏教であって、一般的ではない（笑）。ただ、仏教の持つ普遍性は安吾の方に見出されるんじゃないかと思います。日本の一九三〇年代では、「近代の超克」というような論は基本的に仏教の論理を使ってますね。つまり「あるのでもない、ないのでもない」という論理。たとえば、「新体制」は資本主義でも共産主義でもない、個人主義でも全体主義でもない、とか言う。これは一種のディコンストラクションですから、現在でもよく使われます。しかし、そういう論理を戦争中に批判したのは武田泰淳と坂口安吾なのですが、面白いのは二人とも坊主あがりで（笑）、仏教を仏教の内側から批判してきたタイプだったということです。仏教の外にいる人たちは、むしろ、それに簡単にやられてしまった。しかし、彼らだけがそれをやっつけた。しかも彼らはあくまで、それなりに仏教的なんですよ。そこが面白い。
関井　内側からの論理を持っていたからだと思うんです。安吾もかなり真剣に仏教をやっていたし、実際には坊主ではない人がやった分だけ批判力も強かった。
柄谷　仏教にいくのも、安吾の場合にはすごくピューリタン的でしょう。僕の印象としては、明治二十年代ぐらいの人たちに似た感じですね。

関井　先程の子供時代の話に戻りますが、安吾の住む新潟は色街だったんです。同級生に芸者屋の娘がいたり、お姉さんが嫁いだユキナリ亭という所もそういう場所なんです。で、昔、中学の同級生から聞き書きしたことがあって、雪が降った時、庭にすごく巨大な男根を作ったんだそうです。誰が作ったかと言うと「坂口安吾だ」と密かに言われていて、誰も疑わなかったと言うんですね。ですから、かなり早くから性的な問題には悩んでいた、抑圧していたと思うんです。

柄谷　今の新潟の話で思ったんですが、明治二十年代に尾崎紅葉は井原西鶴を復活させたわけですが、それを「粋」として批判し「恋愛」を唱えたのが北村透谷です。しかし、安吾が書き始めた昭和のころには、自然主義やモダニズムのあとに、むしろ「粋」が近代批判みたいな形で評価されたりしてきた。つまり永井荷風や川端康成が評価された時期に、あるいは九鬼周造の『いきの構造』が書かれた時期に、安吾は北村透谷みたいな感じで書いている（笑）。安吾自身の問題もあったわけだけども、今言われたように、新潟にはまだ江戸が残っていたという感じなんでしょうね。

関井　当時の農村は当時の言葉を使えば淫乱な世界なわけですよ。一番最初に書いた『黒谷村』をよく見ると、そういうことを素材にしている。安吾のお姉さんが嫁いだ先の新潟にはそういうところがあって、安吾はよく行っているんですね。そういう性的な問題をどう克服するかというのがかなり真剣な問題だったとは思います。で、カントが「陰鬱な人は性欲に対しても厳粛なものを感じる」と書いてるんですね（笑）。つまり性欲を厳粛、崇高として受けとめてしまう坂口安吾がいる。透谷がそういう受けとめ方をしたのに通じるところがあると思います。

柄谷　明治二十年代は、プロテスタンティズムと言うか、初期産業資本主義の精神への転回があったと思うんです。つまりそれまでの商人資本主義の世界で存在していたエートスが転倒されていくわけですが、その点で、安吾の育った頃の新潟はまだその段階にあったといわざるをえない。安吾はいわば明治二十年代を反復しているわけで、産業資本主義の現実をまだ知らない。その意味で、彼には一八世紀の西洋が向いている。そういう時代的なずれが面白い。さっきのヴォルテールの話にしてもそうです。とにかく安吾は一九世紀的な産業資本主義はあまり理解できないんじゃないですか（笑）。

関井　理解できないですね。戦争中もあれだけ戦争の中にいて、「飛行機作れ」と合理的な批判をするくせに、自分は何やっているかというと、「俺は書いている」と（笑）。要するに崩れないんですね。根本の態度みたいなものが。例えば昭和初頭はエログロナンセンスの時代で、大衆欲望時代の始まりだったと思うんですが、その時代に、禁欲でしょう。やはりずれているんですが、交差しているようには見える。本多秋五さんが戦後、「坂口安吾は『堕落論』と『白痴』で戦後の精神論と交差した」と言ってますが、やはりずれてるんですよ。実存主義のある特集でも安吾は「肉体作家」「実存作家」と標語的には言われたんですね。彼は「肉体それ自体が思考する」なんてこと書いているんですけど、実存主義は関係ない(笑)。だけど交差しているようには見える。小説やエッセイではちゃんと時代の中にいられるんですよね。

柄谷　実存主義というと、戦後サルトルが「実存主義はヒューマニズムである」という講演をして、それを聞いたドゥルーズや若い人たちを失望させたわけですが、その中でサルトルは、実存主義は誤解にもとづく非難にさらされていると言って、その一例として、「実存主義は自然主義だという人たちがいる」と言ってるんですよ。しかし、それはそんなに見当違いだとは思わない。日本で、自然主義は初めデバカメ主義とか言われたわけですね。しかし僕の知る限りでは、日本の自然主義文学にはほとんどデバカメ主義がない。肉体を書いていない。その意味で言うと、安吾の方がはるかに自然主義的なんです(笑)。

つまり、霊肉の葛藤の後に書かれた場合には、自然主義は大きな転倒的な意味を持つんですけど、日本における自然主義にはそういうものはない。また、戦後日本の実存主義は西田哲学経由のものだから、やはり肉体がない。そういう意味で、安吾がサルトルに共感したのは誤解ではないと思う。サルトルは「性欲というのは意識にとって鳥もちのようなものだ」と書いてますけどね。安吾はその辺で、サルトルを理解していると思う。いわゆる自然主義者は性欲といっても、そういうことを考えていないんじゃないかと思うんですよ。

関井　性欲という言葉を小説家が使い出すのは自然主義で、花袋あたりではあるんですけど、よく見ると性欲は書いてない。確かに男と女の交渉は書いてあって、性欲という言葉も出てくるんですが、霊肉で苦しんでいないんですよ。『蒲団』でも苦しんだって言うのは、自分の思いを遂げなかったから、その思いだけを書いているんで、せいぜい弟子の蒲団に顔を突っ込んで、匂い嗅いだ所ぐらいで、情けない男を書いているんだと思うんですね。安吾はそういうものは書いていません。やはりそのもの。真剣に霊肉を考えたところがあって、写真を見ると非常にはっきりするんですね。若い頃の写真を見ると表情でもどこか高貴なんです。

柄谷　色気がないね（笑）。

関井　それでいて、バーの女性と同棲したり。しかし、彼はそれで何かを求めているかと言うと、あれは相手に求められたからなんですね。その時、自分の性欲だけは裏切れなかったと思うんですが、書いてるものを見ると本当に霊肉に悩んでいた。そこには新潟以来の性に対する早い認識というのがあったと思うんです。太宰の場合は、同じ性欲でも罪意識を感じたりするんですが、安吾はないですね。立ち向かい方がもっと真剣です。永井荷風を「お前は悩んでいない」と言うのには、「肉欲すら悩まないで色のことを言ってもらっても困る」ということがある。藤村に対する批判もそうです。自然主義に対して批判していることのひとつは、「お前たちは十分に悩んでいない」という一言だと思いますね。内面化の問題だと思うんですが、彼の方がその点では内面化していってると思うんです。

柄谷　他の人たちもいろいろと悩んだと思いますけど、悩むという意味がちょっと違うということですね。僕は今回読み直して、いろいろと気づいたことがあるんです。そのひとつは、安吾が戦争中に、平野謙や荒正人といったいわゆる近代文学派の人たちと付き合っていたことです。そこから見ると、荒正人の『第二の青春』と安吾の『堕落論』にはかなりの類似性があると思うんです。

関井　荒正人らも坂口安吾とのつきあいを通して変わってきたところがありますね。

柄谷　たとえば、戦後には左翼が戦前のままで復活したのですが、それに対して、荒正人は、「絶望から始めるべきである」「徹底的なエゴイズムを認めるところから始めるべきである」と言うわけです。その点では、安吾と相呼応するところがあると思います。むろん、決定的に違う所がありますが。僕が今回気づいたのは、安吾が孤高の人ではなくて、いろんな人たちと一緒にやっていながら、同時にずれていたということですね。そして、そのズレに彼の「普遍性」があるのだ、と。
関井　結局、「近代文学」の人たちは戦争中、疎開したりして逃げちゃうでしょう。安吾はそうではなく、どこまでも見届けよう、その果てに自分はどうなるかと。だから安吾が戦中に『日本文化私観』を発表した後、みんな変わってしまったのに、安吾は変わっていない。平野謙が戦中に『日本文化私観』について書いた文章があって、戦後、平野さんが本に入れようとした時、元の文に手を入れて付記したことがあります。当時の平野さんからすると嫌だったんでしょう。でも安吾自身のものは、戦後になってもまったく変更せずに読めるんです。
柄谷　そうですね。一度か二度、安吾も発禁にあっているんだけど、それが特に抵抗的なものだったとも思えないしね。
関井　柄谷さんが月報でお書きになっている通りで、戦争を「遠足」としたのがいけなかったので、他は問題点がなくて検閲官も笑っていたという話です。それが戦後になって、『抵抗文学選』というのがあって、「戦時下の原始的抵抗」と載ってますが、それはないと思いますね。
柄谷　ところが、それは戦後の言説においてもまた「抵抗」のように読めるんですよ。例えば、安吾は、戦争中に或る主婦が「爆撃が来ない日は寂しいわ」と言ったと書いている。

そして、これが日本人のどうしようもない楽天性だという。戦争中には、これは、戦意を高揚する文章のようにも読めるからパスしますけど、逆に、今こんなことを言うと糾弾されますよ。「日本人は爆撃の中で苦しんだはずだ。あの悲惨な体験を後世に伝えなければ」とか言われてしまう（笑）。

関井　でも戦争中の話を聞くと、安吾の言ってることは結構本当なんですよね。戦後の言説からすると、そういうことはあってはいけないように見えるけど、感情的にはあった。

柄谷　彼にとって当たり前のことを言っているだけで、ブラック・ユーモアでもなんでもないと思うんです。特別にアンチ・ヒューマニズムでもない。彼は、嫌みったらしく書くのが文学的だ、などとまったく思っていない。

関井　精神の遠近法と言うか、ものを考える遠近法がなくなってしまうと、そういう上澄みだけの言説が浮遊してきますね。今はそういう時代だと思うんですが、その点、安吾は誠実にものを言っている。「誰かにこういうことを言いたい」ではなく、自分が観察したり、考えていることをそのまま書いてます。それを彼は必要と言っていただけだと思うんです。

柄谷　でも、それは「一般的」ではないね。

関井　そうなんですよ。

柄谷　僕は昔、小林秀雄をよく読んでいて、嫌になった時に安吾を見つけたという感じがありますね。ひとつには美意識の問題です。小林秀雄は「美は人を沈黙させる」とか常に書いているわけですけど、それが全然わからなかった。美しい女は沈黙させるというのならわかるけど（笑）。風景にしても一度も心からいいと思ったことがない。それはよくないと思っていたけど、安吾を読んだら、それでいいんだと思った。安吾は風景描写すらしない。文学はこういうものだという常識とは違っている。

関井　そうですね。安吾が面白いと思うのは、小林秀雄とも交際があるわけですよね。それで、家にまで行ったりしている。その最中に、『教祖の文学』を書く（笑）。つまり相手を非難しているんじゃなく批評しているという意識がないと、会えないんじゃないでしょうか。で、安吾の書いたことを、小林秀雄も受け入れざるを得なかったところもあると思うんですね。特に戦後の小林秀雄は。

柄谷　話は少し変わりますけど、骨董をありがたがる人たちがいますけど、僕はすごく貧しい感じがするんですよ。というのは、昔の古い家なら、今から見れば骨董だらけだったわけで（笑）、そんなものは捨ててしまえという方が豊かだったんじゃないかと思います。安吾の場合は、家が太宰と違って本当の大地主だった。それが没落したのだから、もう全部捨ててしまえという感じだったと思うんですけどね。

関井　ちょうどマルクス主義が盛んになった頃、安吾の家は没落して何もないわけですね。その時に、ブルジョア批判しろと言われても、実感なかったと思うんですね。で、これが真実だって言われると、それだけが真実じゃないぞってね。つまり彼は教条的な共産主義に対して批判しているけれど、かなり考え方は唯物論的だと思うんです。歴史小説を見るとそういう気がしますね。と言うのは、ベンヤミンが『歴史について』の中で「歴史的主体っていうのは過去のことをその通りに書くことじゃない」「歴史の主体として現在の中に想起する、そういう現在性が問題なんだ」「それがマルクス主義だ」ということを言ってます。で、安吾の歴史小説の作りをよく見ますと、一六世紀ぐらいからはじまってるんですね。ちょうど資本主義システムができ上がった時代以降のことを書いてる。歴史が戦後にマルクス主義的になる時期が昭和二十年代に起こって、その当時の左翼の人たちが書いてる歴史の議論がありますが、彼の小説の方が数段マルクス的なんですよ。

柄谷　永井荷風に対する批判でも、荷風のつきあう女たちが彼の知らない階級の出身であること、荷風はそういう階級があるということを想像したこともないと批判している。それはもうマルクス主義が消滅した時期に書かれたわけで、逆に珍しいですよ。その時期にそんなことを言うのはね。

関井　ええ。だから後に花田清輝が『安吾捕物帖』について非常に唯物論的に言ってるんですね。こんなにものがたくさん書いてあって、意味は何もないと。でもある事物だけはきちんと並んでいて、それを読んでいくと、その時代が見えてしまうと。そういう書き方は非常にめずらしい、素晴らしいと言ってますね。シンパシーを感じてしまうようなところがあったんだと思うんです。実は花田や福田恒存は、まだ世間で知られていない頃に、安吾が認めた新人なんですけどね。

柄谷　小林秀雄との対談ですごくほめてますよね。

関井　結構先見の明があると思うんです。

柄谷　それと、勝海舟とか織田信長、ああいうものを見つけてきたのは安吾なんですね。司馬遼太郎はそれをふくらましただけです。安吾が日本史について書いたのは、日本だけを切り離して見て、日本人のアイデンティティを確立するというような観点からではない。安吾が日本の歴史の中で面白いと思っていたのは一六世紀だけですね。その場合、彼は、日本の一六世紀を、ウォーラーステインが言うような近代世界システムの中で起こったものとして見ている。彼はキリシタンの研究から始めているわけですから。最初から、世界史の中で日本を見ようとしていたと思うんです。それは後にやった古代日本史に関しても同じで、それを朝鮮半島との関係において見る。そういうことは、それまでの人が全然考えていなかったことだと思うんです。専門の歴史家もふくめて。

関井　でも面白いのは、安吾がキリシタンもの、要するに一六世紀から始めたのは戦争中で、戦争中にそういうところをやっていくっていうのは、明らかにはるか遠くにいってる。
柄谷　今だったら、そういうことをやる人は多いけど。遠藤周作とかね。最初に考えたのは安吾でしょう。
関井　そうです。誰も気がついてない時ですよ。あの頃の時代小説はむしろ豪傑物が多い。その時にキリシタンに行くっていうのは全く新しい視点だった。だから、よく彼が反逆の精神と言う時に、現代の状況に対して批判的になることを言ってますけど、要するに現状をそのまま受け取るんじゃなくて、吟味してという観点をいつも持っていたと思うんです。いやすごい読書家なんですよ。奈良朝の本でも、主要なものはみんな読んでますね。一見すると読んでないように見えるけども。
柄谷　無頼派だから本を読まない、と思っている人が多いけどね（笑）。
関井　結局それ全部持ってかれたでしょう。税金闘争で。その蔵書の一覧を今度の全集に載っけるんですけど。かなり専門的なものも読んでますね。キリシタンものについてもこだわっていた。安吾が出ないと井上やすしの時代小説も出なかったでしょうね。やはり安吾を読んでからやってますから。芥川賞でもそうでしょう。例えば安岡章太郎さんは完全に安吾に認められた。松本清張もそうでしょう。安吾はそういう所、いろいろな意味で先見の明があった。それは周りのことを顧慮してないからだと思うんです。自分がいいかどうかの問題だけで判断してますから。ひとつの態度を維持していたのはすごいと思いますね。

柄谷　そうですね。そこは中上健次と違いますね。中上はエッセイを書いたり発言したりする時は非常に周りに気を配っていた。そして、しばしば嘘をついています（笑）。もちろん、あとで平然とそれを否定した、「俺は作家だよ」と言って（笑）。確かに、中上は作家だと思うんですよね。その点で安吾はそういう区別がなかった。つまり作品に全てがある、小説に全てがあると思ってないんですよ。逆に、だから、ここはいいかげんにやってもいいなんてことも、ありえないわけです。

関井　ないですね。安吾は作品が残って、後世自分がどう読まれるかというようなことを考えなかった。書くことはいつも考えていました。いま表現することが重要なんで、その作品が後世どうなるかを考えなかった人だと思います。

あとがき

本書に収録したエッセイは、約二〇年前に書いたものである。実は、私はこのような論考があったことをほとんど忘れていた。それを思い出したのは、北京の人民文学社から翻訳出版の依頼があって読み返してみたからである。そして、そこに、今考えていることの多くが書かれているのに気づいて驚いた。しかし、振り返ってみると、私はこれを書いたのと同じ時期に、『トランスクリティーク――カントとマルクス』や「カントとフロイト」（『ネーションと美学』所収）を書いていたのである。

私がこれまで、その著作をすべて読み、且つ何度もそれについて論じた日本の著作家は、以下の四人だけである。夏目漱石（『漱石論集成』）、柳田国男（『柳田国男論』『遊動論』、『小さき者の思想』）、坂口安吾、中上健次（『坂口安吾と中上健次』）。その中で、一九九二年に夭折した朋友中上健次に関しては、その年から率先して全集の刊行に取り組んだ。坂口安吾全集の編輯にかかわったのは、その後まもなく、一九九五年頃であった。私は若いときから安吾について多少書いてはいたが、本格的に考えるようになったのは、この時期である。

そのきっかけは、故関井光男（近畿大学教授）に共同で全集を編集するように依頼されたことである。彼は若くして最初の安吾全集を編纂した、安吾研究に関する第一人者であった。共同編集といっても、実は私の出る幕はない。私がおこなったのは、それまでの版と違って、カテゴリーに分けず執筆した順に載せる方針を提起したことと、全巻の月報に安吾論を連載したことだけであった。

本書には、その月報に書いた評論とともに、刊行の前後にあった事情を説明する文章を収録した。というのは、私はひそかに、自分の文学批評は評論よりむしろ、この全集の編集の仕方に存すると考えていたからである。それについては、二〇一六年に亡くなった作家、津島佑子が「飛翔の魔力」と題して、次のようなエッセイを寄せてくれたのだった。

異例な全集である。けれどもこれほど、坂口安吾という作家にふさわしい全集もない。小説も随筆も、アンケートの回答に至るまで、とにかくどんな文章でも平等に執筆順に並べる、読者の側から言えば、読める全集をどれだけ、この作家を敬愛するものの一人として、私も望んでいたことか。

坂口安吾というこの作家は、小説だとか、随筆だとか、一般に信じられ、守られている定義を根本的に疑い続けていた。言葉というものすら、信じていない。つまり、この作家ほど、冷徹に文学について考え、言葉について考え、人間の存在にとっての倫理を考えたひとはいなかったのではないか。作品の完成度などという尺度はしたがって、この作家にとってほとんど縁のないものとなる。小説も随筆もなんでも対等の存在になる。だから、従来の文学にしがみついたままでは、安吾の魅力は見えにくくなってしまう。安吾の世界はいつまでも、あまりにも新しい。

安吾の言葉は木枯らしのように吹き過ぎて行く。言葉とは飛んで行くものだ、消えて行くものだ、その飛翔が美しいのではないか、その動き、スピードが言葉というものではないか、人間というものではないか、という安吾の言葉が聞こえてくる気がする。そうした人間という存在が愛しい。(以下略)

(『坂口安吾全集』16巻月報、二〇〇〇年四月)

我が意を得たり、とはこのことである。世間で太宰治の娘として知られていた津島佑子は、実は安吾の熱心なファンであった。そして、そのことは、彼女の作品と生き方を見る上でも重要である。私は本書を編集しつつ、あらためてそれを考えた。したがって、私はこの本を、関井光男と津島佑子の両氏に捧げたいと思う。

最初に述べたように、この本を出すきっかけとなったのは、人民文学社からの翻訳の申し出であり、また翻訳者の黄真氏との交信の中で、原文を再考し推敲することができた。記して感謝する。本書の刊行にあたっては、いつものように、丸山哲郎氏のお世話になった。

二〇一七年七月

初出一覧

初出は以下の通りである。いずれも改稿されている。単行本、文庫に既収録のものは底本を示した。

第一部

「坂口安吾について」『坂口安吾全集』筑摩書房、月報「Mélange」連載、一九九八年五月－二〇〇〇年四月

第二部

「『日本文化私観』論」『文藝』一九七五年五・七月号。『坂口安吾の世界』所収、冬樹社、一九七六年

「安吾はわれわれの「ふるさと」である」『坂口安吾選集』講談社、パンフレット、一九八一年九月。『批評とポスト・モダン』所収、福武書店、一九八五年。福武文庫、一九八九年

「堕落について」『新潮』一九八八年二月号

右の三作は、のちに『坂口安吾と中上健次』太田出版、一九九六年に収録。その後同題にて講談社文芸文庫、二〇〇六年。底本はいずれも講談社文芸文庫

「坂口安吾のアナキズム」二〇〇一年二月、花園大学における坂口安吾研究会での講演草稿。のちに『文學界』二〇〇五年十月号

「合理への「非合理」な意志」"The Irrational Will to Reason: The Praxis of Sakaguchi Ango," In *Literary Mischief: Sakaguchi Ango, Culture, and the War*, Translated by James Dorsey and Douglas Slaymaker, Lexington Books, April, 2010.

第三部

「新『坂口安吾全集』刊行の辞」『坂口安吾全集』筑摩書房、パンフレット、一九九八年五月

「坂口安吾の普遍性」『毎日新聞』一九九八年五月

「新『坂口安吾全集』編集について」『週刊読書人』一九九八年五月二二日号

著者
柄谷行人　Karatani, Kojin
1941年8月生まれ．思想家．
著書
『世界史の構造』『哲学の起源』（以上、岩波書店），『「世界史の構造」を読む』『近代文学の終り』『思想はいかに可能か』（以上，インスクリプト），『憲法の無意識』（岩波新書），『遊動論――山人と柳田国男』（文春新書），『柳田国男論』（インスクリプト），『倫理 21』『政治と思想――1960－2011』（以上，平凡社ライブラリー），『言葉と悲劇――柄谷行人講演集成 1985－1988』『思想的地震――柄谷行人講演集成 1995－2015』（以上，ちくま学芸文庫）ほか多数．
〈定本 柄谷行人集〉（岩波書店）
第 1 巻『日本近代文学の起源　増補改訂版』
第 2 巻『隠喩としての建築』
第 3 巻『トランスクリティーク――カントとマルクス』
第 4 巻『ネーションと美学』
第 5 巻『歴史と反復』
『定本　柄谷行人文学論集』
翻訳されている主要著書（英語のみ）
Nation and Aesthetics: On Kant and Freud , Oxford University Press, 2017
Isonomia and the Origins of Philosophy, Duke University Press, 2017
The Structure of World History: From Modes of Production to Modes of Exchange, Duke University Press, 2014
History and Repetition, Columbia University Press, 2011
Transcritique: On Kant and Marx, MIT Press, 2005 (paperback)
Architecture as Metaphor: Language, Number, Money, MIT Press, 1995 (paperback)
Origins of Modern Japanese Literature, Duke University Press, 1993 (paperback) ほか．

カバー写真提供：新潟市　安吾風の館

坂口安吾論

発行日	2017年10月15日　初版第一刷
著者	柄谷行人
装幀	間村俊一
発行者	丸山哲郎
発行所	株式会社インスクリプト 東京都千代田区神田神保町1-14　101-0051 電話　03-5217-4686 FAX　03-5217-4715 www.inscript.co.jp
印刷・製本所	三松堂印刷株式会社

ISBN 978-4-900997-67-7

〈既刊書より〉

文学の終焉を告げ、『世界史の構造』へと至る新たな展開を画す

柄谷行人

近代文学の終り ［4刷］

四六判上製280頁　2,600円　ISBN978-4-900997-12-7　2005年11月刊

3.11後に読み直された『世界史の構造』をめぐる思考の軌跡

柄谷行人

「世界史の構造」を読む ［2刷］

四六判上製382頁　2,400円　ISBN978-4-900997-33-2　2011年10月刊

『日本近代文学の起源』に先駆・結実する重要論考「柳田国男試論」他、柳田論集成

柄谷行人

柳田国男論

四六判上製382頁　2,400円　ISBN978-4-900997-38-7　2013年10月刊

柄谷行人のアルファにしてオメガ（浅田彰）、20歳代に記された批評全七篇

柄谷行人

思想はいかに可能か ［2刷］

四六判上製382頁　2,400円　ISBN978-4-900997-10-2　2005年4月刊　［価格は全て税抜］